コンプルック
ノタチホ
JN110896
サンマーク出版

ナルシスの鏡。
それは、容姿に絶望した人が覗くと、
誰もが振りむく姿になれる不思議な鏡。

ただし、その姿はあくまでも
仮想現実。
そして66日を過ぎてもなお、
仮想現実の中で
生きることを決めると、
元の世界での
その人物の存在は消える――。

もくじ

1. ナルシスの鏡

鏡とは本当に不思議な存在である。

見る者との位置関係によって、左右逆転のみならず、上下転倒や増殖、拡大、縮小、歪曲して見える像を映し出すから。

こうして鏡は、人間の願望、不安、問題意識、そして無意識の領域まで含めた人の心を映し出してきたのである。

そもそも「mirror（鏡）」の語源は「奇跡、不思議（miracle）」という意味のラテン語に密接に関連している。

日本語の「かがみ」という言葉にも沢山の特別な意味が託されている。

「かがみ」の語源とされる「影見」

自己認識につながる「可我見」
相手の姿・面影を見るための「形見」
規範や手本を意味する「鑑」

要するに鏡には「魔術的なチカラがある」という信仰が世界の至る所で受け継がれているのだ。

鏡に対する特別な信仰心を基に、「魔術的なチカラを宿す鏡」を探し求めては集める一部の骨董マニアがここ日本にも存在していた。

様々な逸話を持つ魔術的なチカラを宿す鏡、いわゆる「魔鏡」は骨董マニアの間では非常に高値で取引されてきたのだ。

――東京都台東区浅草。

観光客で賑わうこの街には、まさにその魔術的なチカラを宿す鏡を所有している骨董好きの美容室が存在すると噂されている。

店の名前は〝ナルシスの鏡〟。

「自分のイメージした通りの美しい姿に容姿を変えてくれる不思議なチカラを持つ」と噂

されている鏡の存在や、その鏡にまつわる数々の逸話は某インターネット掲示板や都市伝説系の動画チャンネルの影響もあり多くの人が知ることになる。

巷に広まっているナルシスの鏡の逸話とは以下の通りである。

1つ、

「自分の容姿に心から絶望した人」がその鏡の前に座ると、鏡は鏡の中の世界にその人物の魂を吸い込んでしまう。

2つ、

「鏡の中の世界」というのは理想の容姿を手に入れたもう1つの仮想現実である。

しかしリアリティがあり過ぎて鏡の中の世界と現実の世界の区別はつかない。

3つ、

現実世界での6時間は、鏡の中の世界での時間では66日間にあたる。

所詮仮想現実でしかない世界から元の現実に戻りたい場合は、鏡の中の世界の時間で66日以内に再び鏡の前に戻ってくる必要がある。

つまり、

美しい姿を手に入れた鏡の中の世界を生きるのか？

元の容姿に絶望した現実を生きるのか？

その選択を66日以内に迫られるわけだ。

4つ、
66日を過ぎてもなお魂が鏡の中に残る選択をした場合、元々の現実の世界でその人物の存在は消滅する。抜け殻になった肉体も6時間後には鏡に回収されてしまう。
そして元いた世界で関わった全ての人の記憶からもその人物に纏わる記憶は消えてしまう。もしもその人物に子供や孫などの子孫が存在する場合、同時にそれらの存在は全て鏡の中に飲み込まれ消滅してしまう。

ナルシスの鏡にまつわる逸話はおおよそこんなところ。

そんなわけでこの鏡の不思議なチカラを「実体験した」と話す人の体験は2通りに分類することができた。

1つは、絶望的な外見と決別して、理想の容姿を手に入れた世界に〝やってきた〟と話す人達。

もう1つは、理想の容姿を手に入れてみたけれど結局66日以内に元の現実の世界に〝戻ってきた〟と話す人達。

1. ナルシスの鏡

「では、自分が今いる世界はどっちの世界?」と疑いたくなるほど、パラレルワールド感満載のこの噂に頭がこんがらがる人も少なくはなかった。

だが、この鏡が〝自分のイメージした通りの美しい容姿に変えてくれる不思議なチカラを持つ鏡〟として認識されているゆえんは、

鏡の向こうの世界から〝やってきた人〟も、

鏡の中の世界から〝戻ってきた人〟も、

どちらも共通して容姿が見違えるように変化することに変わりがないからである。

もちろんこの鏡に対して懐疑的な意見を持つ人も少なくはなかった。

元々容姿の完璧な人が、鏡の向こうの世界から〝やってきた〟と言わされているという説があったり、

美容整形やダイエットで劇的ビフォー・アフターを果たした人が、鏡の中の世界から〝戻ってきた〟と言わされているという説があったり。

さらに言えば、〝自分の容姿に心から絶望しているかどうか〟が鏡のチカラの発動条件だからか、実際に訪れた人達の「何も起こらなかった」という声が続出していることも、懐疑的な目を向けられる1つの要因となっていた。

しかし、1人の歌手の登場により、この鏡に転機が訪れた。

それは、シングル売り上げ200万枚を超える国民的ミリオンセラー「yesterday」を歌う岡山真昼の容姿が別人のように変化したことがきっかけだった。

〝涙の数だけ優しくなれるよ

その数の分だけ誰かを癒す才能は花開くの〟

岡山真昼が歌うこの曲がヒットしたのが1990年代後半のこと。

岡山真昼の不幸はその美声とビジュアルプロデュースにあった。

まずなんと言っても、聞くだけで涙を誘うような不純物のない声。

そして、当時の人気ドラマの主題歌となった「yesterday」のミュージックビデオで映し出された霧に包まれた彼女の姿。

この2つが、世の男性の妄想を膨らませ、彼女が絶世の美女であることを勝手に期待させたのである。

そのせいで彼女は一生モノの心の傷を作ることになるのだった。

彼女は自分自身の容姿に、異常なまでにコンプレックスを持っていた。

あまりにも世間から、「歌っている姿を見たい」という要望が多かったため、〃自分の歌を愛してくれる大勢のファンが喜んでくれるなら〃と、彼女は渋々テレビ出演を承諾した。

その画面に映るのは、ホームベースのようにエラが張り、鼻の先が空の方を向いた女性。少なくとも決して美女とは言えない姿だった。多くのファンやマスコミは彼女の容姿と自分達が膨らませた妄想のギャップを身勝手なカタチで批判し始めた。

〃岡山真昼のミュージックビデオは別人疑惑⁉〃

などテレビ出演の翌日には新聞やテレビのワイドショーは彼女の容姿について騒ぎ立てたのである。

彼女の容姿が非難の的になった1990年代はまだ現代のように〃ルッキズム〃という言葉は日本に浸透しておらず、容姿に対する非難で人を傷つけることに対して抑制するような世論は存在しなかった。

こうして岡山真昼はこの事件のせいで重度の不眠と摂食障害を患うことになり著しく体調を崩し、歌手としての活動を休止するはめになったのであった。

ただ彼女の大ヒット曲「yesterday」は、彼女が活動を休止している間もずっとカラオケで多くの人に歌い継がれてきた。

時が経ち一般人が動画投稿をするのが当たり前になった20年後。

人の本能に刺さった歌詞というのは、時代を超えていくのだろう。

〝涙の数だけ優しくなれるよ
その数の分だけ誰かを癒す才能は花開くの〟

このフレーズは、たちまち若者達の心を熱くし、「真似してみた動画」が、瞬く間に拡散されていった。

こうしてまた岡山真昼にスポットライトが当てられるようになったのである。

それと同時に、岡山真昼の当時のニュースも注目を浴びることとなり、いつしか「yesterday」はルッキズムに悩む女性達の言わばアンセムのような曲になっていった。

岡山真昼はこのファンの熱い想いに呼応するかのように、1本の動画をネットにアップした。そしてこう語ったのである。


「皆さん、お久しぶりです。シンガーソングライターの岡山真昼です。

皆さんの沢山の励ましや応援に心から感謝しています。

20年前、テレビのワイドショーや新聞を通じて自分の容姿を批判された時、私はこの顔に生まれてきたことを心底恨みました。

そして、この声に生まれてきたことさえも恨みました。

〝この声に生まれてきたせいで私は今、自分をこんなにも傷つける経験を自分自身に与えてしまっているんだ〟

そんな風に思うようになってしまい、大好きな歌さえも歌えなくなって……

辛い思いをしました。でも結局は最後に音楽に救われる経験を皆さんのおかげで、できました。

〝涙の数だけ優しくなれるよ
その数の分だけ誰かを癒す才能は花開くの〟

まさかこの歌詞をファンの皆さんからの励ましの言葉として受け取ることになるなんてこの曲を書いていた時は思いもしませんでした。

人生って不思議なものですね。今回改めて勇気を持って皆さんの前に姿を現したのには皆さんにどうしても感謝を伝えたかったから。

今も私が味わったように自分の容姿のせいで苦しい思いをされている方が多くいらっしゃると思います。

たとえ誰かに醜いと非難され自分の存在価値を傷つけられても、その心の傷はいつか心の美しさに変わります。

もしそんな風に思えない時は、この歌を口ずさんで下さい。歌にのせて想いを込めて発した言葉はいつか自分の助けになります。

それではみんなで一緒に歌いましょう。

『yesterday』」

このメッセージを伝え終えた後、岡山真昼はフォークギターを片手に想いを込めた歌を熱唱した。

20年という年月をかけて乗り越えた逆境とファンとの絆が歌い手としての岡山真昼の歌声に当時はなかったミステリアスな魅力を付け加えた。

この動画に多くのファンが感動した。瞬く間に1億回を超える再生回数を記録したのである。

ただ、この動画が物議を生んだのは動画の中に映る岡山真昼が40代半ばにして別人のように美しくなっていたことだった。

〝岡山真昼、全身整形で別人に⁉〟

時代を経てネットニュースというカタチに変化し日本中を駆け巡った。岡山真昼が美容整形をした証拠を血眼になって探すものも大勢いた。

だがその証拠を掴んだものはいなかった。

その代わりに彼・彼女らが辿りついた情報が……、

そう、ナルシスの鏡のある不思議な美容室である。

「浅草の花やしきの側にある1人経営の美容室には、自分のイメージした通りの美しい姿に変えてくれる不思議なチカラを持つ鏡がある。どうやら岡山真昼はその鏡のチカラで別人のような姿を手に入れたらしい」

そんな情報が、ネット界隈を駆け巡った。


この情報の出所は、なんと他でもない岡山真昼の母親であった。

岡山真昼の母親はとても人柄が良くオープンハートな性格で、ついつい話さなくても良いことや話さない方が良いことを人に話してしまう癖があったのだ。

もちろんそんな風に口が軽くなったのも、見違えるように綺麗で明るくなった娘に感動したことが一番の要因ではあるが……。

嬉しくてつい、お隣の木村さんや向かいの家の永野さんへ。

嬉しくてつい、いつも買い物に行って長話をする近所のコンビニのオーナー夫婦へ。

嬉しくてつい、岡山真昼の実家のある上野の近所の住人達へ。

散弾銃のように、岡山真昼の秘密をばら撒いていく彼女の母親。

岡山真昼は苦笑いをするしかなかった。


こうして、魔鏡を所有する美容室の噂は瞬く間にネット上で拡散されることとなった。

最初は美容室に予約が殺到した。しかし、やはり「何も起こらなかった」という声が続出し、その熱はすぐに沈静化していくことになる。

実際にその噂を聞きつけてこの美容室を訪れたのにも拘らず全く何も起きないというお

客が9割以上だった。

これが美容室・ナルシスの鏡に予約が殺到しない大きな原因になった。

しかし、世間からはとっくに消費され尽くしたその美容室ではあるものの、その後もポツポツと噂を聞きつけたお客がその店を訪れた。

もちろんほとんどの来店客は鏡に魂を吸い込まれ、イメージした通りの美しい姿に変えて貰うことを期待してくる者ばかり。

この日も自分の容姿のコンプレックスに対する深刻具合を試すかのように1人の女性が美容室・ナルシスの鏡の扉を開いた。

2．オバケ顔の佳苗

「あの……、SNSから今日14時で予約させて貰った宮島佳苗なんですけども」

お店に入る姿を誰にも見られたくないのか、その女性は泥棒にでも入るかのように、美容室の中へと入った。

彼女の名前は、宮島佳苗。

38歳、独身。看護師。

目はギョロッとした二重まぶた。

鼻は少し横に大きく広がった団子っ鼻。

唇は分厚く、いわゆるタラコ唇。

髪型は黒髪のセミロング。

髪を真ん中で分け、丸い額をむき出しにしている。

体型は標準よりかなりぽっちゃり。

ハッキリと言葉にする人は少ないだろうが、多くの人は彼女の第一印象を心の中でこう言語化するに違いない。

〝オバケのQ太郎〟

表情の暗さがさらにリアルオバケ感を演出してしまっている。

彼女からはしっかりと〝絶望〟の2文字が感じられる。

「ご来店お待ちしておりました。

運命の人だと信じて10年付き合った彼に浮気された宮島様ですよね。

初めまして。この店のオーナー美容師の新堂光太と申します」

少し失礼な初対面の挨拶にはなるが、光太は事前に予約フォームに記入して貰った「来店理由」を言葉にしてお客を迎え入れる。

これは鏡が全く反応しなかった時のことを計算しての行動なのである。

「はい……そうです。

こんな見た目を愛してくれている彼にとても感謝しながら幸せに過ごしてきました。それなのに……。

結局……、

裏切られてて……、

彼の浮気を知ってから、鏡で自分の姿を見るのが嫌で嫌で。

そりゃ、こんな見た目じゃ浮気されても仕方ないよなとか。

こんな見た目じゃ結局、私のことなんて誰も愛してくれないよなとか。

色々考えちゃって」

佳苗はお店に着くなり早々に溜め込んできたネガティブな想いを光太に漏らした。

「まぁ、凄くいい感じに絶望されてますね、当店では容姿に絶望された方向けの特別サービスを自信を持ってご提供致しますので宮島様も期待して下さい。

それでは荷物をロッカーに入れてまずは奥の席の方におかけ下さい」

どんよりモードで会話が始まることに慣れっこの光太は佳苗の感情を上手く受け流しつつ席へと案内した。

光太が経営する美容室・ナルシスの鏡には手前と奥に鏡と席が1つずつ用意されている。

「さぁ、宮島様、心の準備は良いですか？

ナルシスの鏡に実際に自分の姿を映し出す前に今回ご利用して頂きます、

〝コンプレックスカット〟にかかる時間と料金。
並びに当店で所有しております大変珍しい鏡・ナルシスの鏡について改めて説明させて頂きますね」

店に入るやいなや、水色のシートがかけられた奥の席に佳苗を座らせた光太が、説明を始めた。どうやら、この鏡が噂の不思議な鏡らしい。

そう佳苗が思ったのは、見た目には何の変哲もない鏡に見えるが、光太があまりにも奥の席の鏡だけ慎重に取り扱うからである。

「ネット上では色んな情報が出回っており、ご存じかもしれませんが実際にこのメニューの提供時間は6時間頂いております。

宮島様は14時からのご予約ですので終了する時刻は20時を予定しております。

ただしこれは今からナルシスの鏡と向き合って貰い、宮島様のコンプレックスが鏡にしっかり反応した場合の話になります。鏡が宮島様のコンプレックスから大きな絶望を感じとった場合、宮島様の魂は鏡の中へと吸い込まれます。

そして魂は鏡の中の世界を旅することになります。

その世界で宮島様が体験するのは理想の容姿を手に入れたもう1つの仮想現実です。

でもその世界はリアリティがあり過ぎて鏡の中の世界と現実の世界の区別はつかなくな

るでしょう。

ですから、夢を見るのとは全く違う感覚を味わうことになります。

そして魂の抜け殻として現実世界に残された肉体は仮死状態となりますので魂が旅をできるのは6時間が限界です。


ただ鏡の中の時間と現実の時間の流れは異なります。

現実世界での6時間は、鏡の中の世界での時間では66日間になります。

だからもしも元の現実に戻りたい場合は鏡の中の世界の時間で66日以内にまた鏡の前に戻ってくる必要があるわけです。

つまりもし鏡に魂を吸い込まれることになったのなら宮島様は、
美しい姿を手に入れた鏡の中の世界を生きるのか？
元の容姿に絶望した現実を生きるのか？
という選択を66日以内に迫られることになります。

そして66日を過ぎてもなお魂が鏡の中に残る選択をした場合、元いた現実の世界で『宮島佳苗』という存在は消滅することになります。

抜け殻になった肉体も6時間後には鏡に回収されてしまうわけです。

そして元々いた世界で宮島様に関わった全ての人の記憶からも宮島様に纏わる記憶は消えてしまいます。

さて、ここまでざっと説明致しましたがご理解頂けましたでしょうか？」

あまりにも非現実的な説明が繰り広げられたわけだが、佳苗の反応は意外なものだった。

「はい、ここまでの説明はネットで調べてきた通りです。

なので、逆に鏡が私のコンプレックスに反応しない場合はどうなるのか⁉

そちらの方をお伺いしておきたいです。

私……この顔やこの体型のまま生きていく自信がもうないんです」

さすが絶望している人間とは、藁をも掴む思いなのだろう。

佳苗の頭の中には、「そんな鏡があるわけない」という思いは皆無のようだ。

「鏡が反応しない場合ですか⁉　それは逆に言うと素晴らしい状況だと言えます。

宮島様の容姿のコンプレックスは宮島様の心の美しさを本当の意味では蝕んではいなかったことが証明されるわけですから。

多少の容姿のコンプレックスは心が美しいままであれば払拭できます。

では、具体的な料金の話をしますね。鏡の性質上お客様がこの現実世界で帰らぬ人になってしまうこともありますので先に30万円を振り込んで頂いております。

宮島様からのご入金ももちろん確認はできております。

ですが鏡が反応しない場合は料金の30万円のうち半額はご返金いたします。

そしてお預かりする15万円の中で精一杯宮島様に容姿に自信を持って貰えるようにサービスさせて貰います。ネットに書いてくれてる人もたまにいますが、オレ、普通に美容師としても腕が良いんですよ」

そう自信満々に話す光太の様子に佳苗は眉をひそめた。

それもそのはず。美容室で15万円の請求なんて、聞いたことがない。

先ほどまで、不思議な鏡に陶酔していた佳苗の脳裏を「鏡は、高額料金をぼったくるための手口なのでは？」という懐疑的な思いが埋め尽くした。

ところで、このとんでもない高額設定も光太の経営する美容室・ナルシスの鏡に予約が殺到しなくなった1つの大きな原因になっていた。


ではなぜ光太がこの料金体系を採用したかというと理由は2つあった。

1つはあまりにも岡山真昼の件で予約が殺到して冷やかし客が増えたため。つまり、「冷やかし防止」である。

これは友人の経営コンサルタントからのアドバイスでもあった。

実際コンサルタントの言うように「値段を上げることで、本気でコンプレックスと向き合う覚悟のある人と向き合う仕事がしたい」という光太の想いが実現できたわけである。

そしてもう1つは、このメニューを予約された場合に光太とお店は確実に6時間、貸切状態で拘束されてしまうからである。

「どうされますか？　宮島様。このままキャンセルされても、キャンセル料金が15万円発生してしまいますが……」

もちろん今光太がしているキャンセル料金に関する情報はSNSにも、ホームページにもキッチリと記載されている。

〝ここまで足を踏み入れてしまった以上、進もうが退こうがお金はかかる〟

その事実が、佳苗に覚悟を決めさせた。

「はい……システム上、仕方ないですもんね。

高いカウンセリング料だと思って挑むことにします。

それとあと1つだけ質問しても良いですか？」

「はい、どうぞ。聞きたいことは事前になんでも聞いておいて下さい。

宮島様の人生を180度大きく変えてしまう経験をこれからするかも知れないんですから」光太もこの事前のコミュニケーションの重要性を重く受け止めながら丁寧に対応をする。

「無事に理想通りの自分の姿を手に入れられたとしますよね。それなのにわざわざ元の世界に帰ってくる選択をする人がいるのはなぜだろうって。だって戻ってきたらまた元の見た目に逆戻りなわけでしょう⁉それに鏡の向こうから帰ってくる選択をした人も容姿が激変したってネットの噂。これもどうも腑に落ちなくて」

確かにこの疑問を持つ人は多かった。なぜなら、鏡の中の世界は容姿にコンプレックスのある女性達にとって天国のような世界。それなのにわざわざまたコンプレックスだらけの世界に魂が還ってこようとすることが、どうも不自然に感じるわけである。

それになぜ鏡の世界での66日の旅を経験した女性達は見違えるように綺麗になっていくのか？　そこも佳苗にとっては解せない疑問であった。

「良い質問しますねぇ。さすが自分のコンプレックスと真剣に向き合っている女性は聞くことが深い。

良いでしょう。せっかくなのでちゃんとお答えしますよ。

このナルシスの鏡の中の世界は、一般的には理想的な美しい容姿を手に入れたもう1人の自分を体験する世界と言われています。ですが、その世界にはもう1つの機能的な側面があるんです」

「もう1つの機能的な側面……ですか⁉」

「そうなんです。鏡に魂が吸い込まれてしまうということは、逆に言えば心の状態がそれだけ良くないってことなんです。

日頃どれだけの大きな絶望を抱えているのか？　ということが向こうの世界にトリップする前提って話をしましたよね。

これ、絶望を抱えているってことは、それだけ心が歪曲しちゃってるって意味なんですよね。

だから鏡の世界では必ず自分のコンプレックスの根本にある、〝心の歪曲〟を味わうことになるわけなんです」

「コンプレックスの根本にある心の歪曲を味わう⁉　つまりは必ず美しい容姿を手に入れた世界の中で困難や挫折を経験するってことなんですか？

それってめちゃくちゃ辛いですね。

だって容姿さえ綺麗になれれば幸せになれると盲信して、私は……」

「そうそうお辛いですよね。でもね、鏡の中で辛い思いをしても、そもそも現実の世界で辛い思いして向こうに行っているから、現実の世界よりせいぜい数倍増しだなんて思っちゃう人もいるんですよね。そういう人はだいたい戻ってきません。

そしてひょっとすると大事なことに気づけないままカタチを変えたコンプレックスの中をまたグルグルもがきながら生きていくんだと思います。

美醜の優劣という価値観の中に一生閉じ込められたまま。

つまりは戻って来る人っていうのは戻って来ない人よりもっと深い部分で自分とちゃんと向き合える人なんですよね。

だからこのナルシスの鏡は
〝コンプレックスの源を観る鏡〟

とも呼ばれているんですよ。

ナルシスの鏡。

別名、コンプルックスの鏡。

鏡の中の世界は自分のコンプレックスの原因はもっと全然違う所にあることを気づかせてくれるんですよ。

そしてそこに気づけたらその気づきが真実の自分の美しさを取り戻す大きなきっかけにもなる。実はその気づきこそが鏡の中の世界を旅する醍醐味であると言われているんですよね。

こっちの世界に戻ってくる魂は、魂の試練を乗り越え、本来の輝きを取り戻した状態で肉体へと帰ってくるんです。

だから戻った時に、容姿も自然と見違えるように変化していきます。

ただし1つ違うことは、しっかりとそこに〝自分らしさ〟というかけがえのない美しさの源泉を残すことです。

このお店を有名にしてくれた岡山真昼様もつまりはそんな体験をこの店でされたってワケなんです。

あっ、このお店を有名にしたのはお喋りなお母様だったかな。はははは。

……で、どうしますか？　ナルシスの鏡に挑戦されますか？」

佳苗は鏡ごしに光太と目を合わせ、小さく頷いた。

「新堂さん、よろしくお願いします。是非ナルシスの鏡と向き合わせて下さい」

「オッケーです。そうですね、宮島様ならきっと大丈夫です」

光太はそんな佳苗の様子を見て、ある1つのことを確信していた。

それは、佳苗の姿はナルシスの鏡には反応しないということだ。

つまり、鏡の向こうの世界には、この女性は行けないということ。

なぜなら、鏡の中の世界に誘われる女性に、「現実の世界に戻ってくる」という選択肢はあり得ないからだ。だからこそ、この佳苗が光太にしたような質問が生まれることはあり得ないのである。

しかし宮島佳苗はそういう女性達とは違う。

自分の心と、自分の劣等感と、向き合う覚悟ができている様子だ。

それでも光太は、わざわざその話を佳苗に伝えることはなかった。そして、鏡の中の世界へと誘う儀式へと取り掛かった。

「では宮島様。それでは目を瞑って下さいね。

いきますよ。

1・2・3……

はい‼　終わりました。

それでは、宮島様、
ゆっくり目を開けて下さい」

佳苗は目を開け鏡に映る自分の姿を確認した。

その鏡に映っていたのは、この店に入る前となんら変わらない、元通りの宮島佳苗の姿だった。

「おめでとうございます、宮島様。宮島様の容姿のコンプレックスは宮島様の美しい心を蝕んではいなかったということが証明されましたね。

それではこちらを着けて下さい」

そう言って光太が佳苗に手渡したのは、アイマスクだった。

「もしかしたら、本当の儀式はここから始まるのかも知れない」……そう思った佳苗は、あまりにも素直に手渡されたアイマスクを装着した。

「良いですか？　今から宮島様の心の美しい部分をご自身で観るお手伝いをしながらカットをしていきたいと思います。

自分の内側を観る目を敏感に使っていきますので、外側から自分を観る目は一旦お休みです」

そう言いながら光太は佳苗の首周りや洋服に切った髪の毛がつかないようにカバーをかけ始めた。まるでその声のトーンに催眠にかけられたように佳苗の中にあった光太に対する懐疑的な気持ちは消えていた。

佳苗は光太に自分の心を委ねることを決めた。

「宮島様は呼びにくいので、ここからは佳苗さんとお呼びしても良いですか？」

そう尋ねる光太に佳苗は無言で首を縦に振った。

「ありがとうございます。それでは始めていきますね。

運命の相手だと信じていた彼とのことを一緒に振り返っていきます」

そう語りかけながら光太はハサミを持つ手を動かし始めた。

「佳苗さんの中で運命の相手だと確信した彼との素晴らしい体験を1つ思い浮かべてみて下さい。それはどんな瞬間ですか？

声に出さなくても大丈夫。

その瞬間を思い出して。

その瞬間に五感で感じていたことに意識を向けていきます」

光太は佳苗の襟足をすきながらそう言葉を投げかけた。

佳苗は先日浮気をされて別れることになった男性を思い出していた。

相手の名前は、松澤幹典。

隣のマンションに住む5つ歳下の男だった。

「彼との関係が運命だと確信した体験」

そう聞かれて思い浮かぶのはその男性と出会った日のことだった。


あの頃、佳苗は夜勤と日勤を繰り返す病棟看護の激務に限界まで疲れ果てて帰宅する日々を送っていた。

その日も満身創痍で自宅のマンションまでなんとか自分の重い身体を運んだ佳苗だったが、そこで絶望が待っていた。

エントランスで〝さぁオートロックの鍵を開けて中に入ろう〟と鞄の中に手を入れて鍵を探しても……

鍵がない‼
何度探しても……
やっぱり鍵がない‼
佳苗は頭の中の記憶から必死で鍵を探すのだった。

可能性1、
勤務先の最寄りのコンビニのレジで鞄から財布を出す時にキーケースを落とした可能性。
可能性2、
駅のトイレで化粧直しをするために鞄からポーチを出す時にキーケースを落とした可能性。
可能性3、
電車を降りる時にカバンから定期の入ったスマホケースを出す時にキーケースを落とした可能性。
可能性4、
自宅に到着する直前、最寄りのコンビニのレジで鞄から財布を出す時にキーケースを落とした可能性。

どの可能性も確信はないし、そもそも佳苗にはもう、それを実際に答え合わせするだけの体力が残っていない。

年末の凍えるような寒さに心が折れそうになりながら鍵のレスキューを呼ぶことしか思いつかない佳苗は鞄からスマホを取り出した。

すると今度はスマホの電源が入らない。

帰りの電車で動画を観ながら帰ってきたせいで電池がなくなったのである。

その瞬間佳苗は自分の疲労のピークを実感し、自分の意識の電源が落ちそうになりフラついた。その時だった。

「大丈夫ですか？」

そう言いながらフラついた佳苗の身体を後ろから知らない誰かが支えた。

それが隣のマンションに住む松澤幹典との出会いの瞬間だった。

「すみません、大丈夫です。なんともないです」

初めましての男性に本当のことを言えるわけはなかった。

しかし、佳苗の身体は正直で自力で立ち上がることすらできそうもない。

「いやいや、なんともないようには見えません。救急車呼びましょうか？」

その発言に、大事になることは避けたい佳苗は観念し、事情を話し始めたのだった。


「鍵を落としてしまって部屋に入れなくて。

しかもスマホの電池もないみたいで……」

弱々しい声の佳苗に対し、松澤幹典は気まずそうに、ある提案を始めた。

「こんな寒いのに外で立ち往生だと風邪引いちゃいますよ。

この状況で弱みにつけ込んでなんて思われたら嫌なんですが、良かったらウチの部屋でスマホ充電して鍵のレスキュー待ちませんか？

もちろん絶対変なことしませんし。約束します」

その時の彼の顔と声に明らかに微かな下心を感じた佳苗は不思議とその微かな下心に運命を感じたのだった。

鍵を落として困っている状況で自分を助けようとしているのが、普段異性に滅多に好意を持たれない自分に「女性としての魅力」を感じてくれている男性。

しかも信じられないぐらい自分好みのルックスをしている高身長のイケメン。

さっきまで疲労と寒さに絶望しかけていた佳苗の心は何か温かく大きなエネルギーに包まれているように感じた。

〝間違いない‼　これは運命だ‼〟

「愛されている体験を思い出せたみたいですね。

その体験を通してきっと佳苗さんはこう考えるようになったんじゃないでしょうか？

〝彼に愛されていることが私の価値なんだ〟って」

まるで佳苗の記憶の中の映像を一緒に体験しているかのように、光太が絶妙なタイミングで話し始める。

「でもね、それって逆なんですよ。

佳苗さんには価値があるからその愛の体験をすることができた。

ただ自分の弱い心はそれを信じることができなかった。

その価値観で鏡に映る自分の姿を観ると自分の容姿はどうしても醜く感じてしまう。

そして自分は醜いと実感するとまた自分の価値を疑う。

自分の価値を疑えば疑うほどに相手に対する要求は大きくなるものです。

〝この疑いを晴らすための愛情をちょうだい〟

彼とのコミュニケーションの中にそういった意図が入ってしまってはいませんでしたか？」

佳苗は幹典からのメッセージが返ってくる頻度や、デートの時に何回「可愛い」と「好き」を言ってくれるか、その頻度を異常に気にしていた。
幹典から十分に愛情表現をされた翌日は鏡に自分が可愛く映り、
幹典から十分に愛情表現をされていないと感じている時期は鏡に自分が醜く映る。
そんなことを繰り返しながらドンドンと幹典との恋愛に依存していった。

「運命の人とは〝愛情表現〟という魔法を使って自分をコンプレックスや無価値観から救ってくれる救世主。女性って、そんな風に勘違いをしがちです。

でも本当は違います。

運命の人との出会いは自分と向き合わされる試練であることの方が多い。それに気づかないふりをしていたことが、彼を浮気させたのは佳苗さん自身かもしれませんね。

つまり、彼を浮気させた一番の原因かも知れませんよ。

は、佳苗さんの内面が映し出したものだということです。そういう意味で、浮気をされたのは決してあなたの姿が醜いことが直接の原因なのではないとオレは思います」

光太のその言葉にすっかり佳苗のアイマスクはびしょ濡れになっていた。

その後も目隠しをしたまま、カットをしながら、光太と佳苗の対話は続いた。

カットが終わった後はカラーもすることになった。

せっかくなら大きくイメチェンしようという光太からの提案であった。

佳苗は光太と話すうちに、何となくさっきの、

〝浮気をされたのは決してあなたの姿が醜いことが直接の原因ではない〟

という光太の言葉の真意を掴み始めていた。

「美しい心」とは自分の価値を信じようとする意志なのではないか。

佳苗はそう感じるようになっていたのだった。

〝信じる強さこそが美しさ〟

そんな言葉がハッキリと脳裏に浮かんだ。

佳苗は光太との対話の中で、

〝私は醜いから愛されない〟

という思い込みが自分の姿を歪曲して鏡に映し出していたことに気づかされたのだった。

しかし、まだギリギリの所で自分の価値を信じる意志が佳苗には残っていた。だから佳苗は鏡に魂を吸い込まれずに済んだのである。


「うんうん。内面もだいぶ整ってきたみたいですね。

もう外側の状態もバッチリですよ。

アイマスクを外してみて」

シャンプーの後に髪が乾いたタイミングで、光太にそう言われると佳苗はアイマスクを外して鏡に映る自分の姿を恐る恐る確認した。

そして新しい自分と向き合った瞬間、佳苗は言葉を失った。


「えっ⁉　嘘⁉　これ私⁉」

ギョロッとして少しキツイ印象だった目はクリッと可愛く甘く。

横に大きく広がったぼってり感のあった団子っ鼻は、目の甘さをひきたてるチャーミングなパーツに。

タラコ感のあった唇はぷっくら潤いのあるセクシーな唇に。

そして、明るい栗色の前髪ぱっつんの可愛いミディアムボブが佳苗の顔に絶妙にマッチしていた。


「髪型でこんなに外見って変わりますか？」と不思議そうに話す佳苗。

そんな様子の佳苗に光太はこう言い放つ。

「まぁ、それもありますけど、一番変わったのは佳苗さんがどんな意図を持って鏡に映る自分を観るのかという部分じゃないですか？

ねっ、15万円の価値はあったでしょ⁉」

そう言い佳苗の両肩をポンと叩いた。

佳苗はこの瞬間、まるで憑き物が取れたように身体が軽くなるのを感じていた。

「あの……、

1つ聞いていいですか？」

佳苗は不思議そうな顔で光太を見つめている。

「はい、何でも」

「この鏡に魂を吸い込まれてしまう人って本当に存在するんですか？

あっ、疑ってしまってすいません。

ただ私は魂こそ吸い込まれていませんが、まるで別人に生まれ変わったような気分にさせて貰ったので」

「ははは。そりゃ疑うよね。

アイマスクされて、

カウンセリングみたいなことをされて、

カットされて、

他の人もそうなんじゃない⁉　って。

でも、佳苗さんは正真正銘、鏡の中の世界へは行ってない。

そして、本当にいるんだよ。鏡に魂吸い込まれて6時間抜け殻になる人。

佳苗さんもいい線行ってたんだけどね。

まぁ絶望の深さって、言い方変えると、自分の価値を疑う霧みたいなのが濃いか薄いかみたいなもんだからさ。

あっ、もっとわかりやすく言うと自分の価値を観る心の視力が落ちてるみたいな⁉

「自分の価値を疑う霧かぁ……そう言われるとわかりやすいですね」

「霧が薄いと佳苗さんのようにカウンセリングとカットでなんとかなるレベルだし、霧が濃くても根本の魂の輝きが失われていなければ、鏡の中に吸い込まれても現実の世界に帰ってこられるしさ。

でももう霧が濃霧注意報レベル……いや警報レベルになってたらもうその人は帰らない人になっちゃう。

まぁ、ここに来る人を大きくパターンに分けるとこの3パターンかな」

「でもやっぱり霧が深いお客さんの方が新堂さんも大変なんでしょうね。

本当、6時間とか凄いですよね。新堂さんはその間じっと待ってるんですか？」

「いやいやまさか！　ちゃんと6時間仕事してるよ。

30万円貰ってる分はちゃんとしてるよ。

詳しくは言えないけど、さっき佳苗さんにしたみたいに身体に語りかけしてる。

抜け殻になったカラダと鏡の向こうにいる魂は繋がってるからね。

ある意味で言うと鏡を使った超高難度なカウンセリングをしてるんですよ。

ちゃんと魂が鏡の向こうで自分の真実の価値を観る目を養う旅をできるようにね。

まぁ、たまぁーに休憩がてらオッパイ触ったりするけどね」

「えぇー‼　最低‼　さっきまでめちゃくちゃ感動してたのに」

「嘘だよ、嘘。短いスカートで来たらパンツぐらいは覗くけど」

「だからキモイ‼　新堂さんマジで〝その顔〟でその手の下ネタ言うの止めた方がいいですよ」


新堂光太の容姿は、決して整ったものではなかった。

〝なぜその見た目なのにそんなにポジティブなのか？〟

そんな疑問が、お店にやってくる容姿に強いコンプレックスを抱く女性達の間ではまた違う都市伝説として噂されるぐらいに個性的な容姿をしていた。

だからオーナー自身が、鏡の中の世界から〝戻ってきた人〟なのでは？　という噂も絶えなかった。

そんな光太は人から見た目のことを言われても明るく対応するなんて朝メシ前だった。

「佳苗さん酷いなぁ。それに顔次第で下ネタを言う資格があるとかないとか決めたらまたコンプレックス拗らせるぞ。

下ネタはみんなの心を明るくする灯台みたいなもんですから」

「まぁ、下ネタは知りませんけど新堂さんにカットして貰って本当に灯台に心を照らされたみたいでした。感謝します」

先に預かっていた30万円から15万円を返金し宮島佳苗を見送った光太は、スマホで明日の予約の確認をしていた。

明日の顧客は……、

「中橋祐子、33歳。職業・ネイリスト」

備考欄には、

「結婚目前で婚約者に結婚破棄されてしまいました。

婚約者の本心を知り、

自分の存在価値が粉々にされた感じでいっぱいです。

私はもう一生誰とも結婚できないかも知れません」

と書かれていた。この短い文面からも光太は、明日の仕事は6時間の長丁場になる予感がしていた。

もちろん鏡の前に座らせてみないと何が起こるのかはわからないというのは実際の所ではある。しかし容姿にコンプレックスを抱えた婚活女性の心の闇というのは非常に厄介なものであることを光太は沢山の苦い経験から理解していた。

2．オバケ顔の佳苗

結婚、出産という体験に多くの女性は、「女性としての価値」を投影するからである。婚活というのは女性としての価値を生々しく突きつける過酷なイベントなのである。

明日ここナルシスの鏡を訪れることになる中橋祐子の予約の文面もどことなく、その末路を辿った絶望感が漂っていた。

3．鏡に映るゴリラ

「都内で2LDKに住もうと思うとやっぱり赤羽駅周辺が一番コストパフォーマンスが良いですよ！

交通の便も圧倒的に便利な場所ですしね。新婚でお住まいになるなら絶対にオススメですよ！

どうでしょう？

家賃15万円以下でこの築年数、この広さと駅から歩いて3分って立地は本当にここぐらいです」

「こんなに色々条件揃ってる物件なんて中々ないよな。

祐子どう？　祐子もオレも職場がある上野まで10分程度だしさ。こんなに便利な場所で家賃の安い街ないよ⁉」

アパマルホームの営業マンの後輩に手伝って貰って、まるで恋人を丸め込もうとする婚約者の安達友哉に祐子は今、猛烈に嫌悪感を覚えている。

祐子たちが案内された物件は、確かに広いし、確かに駅に近い。

しかし、見るからに建物は古く、何より赤羽の駅の東口から家に向かうまで数多くの風俗店が立ち並ぶ治安の悪そうな場所だった。


婚姻届の提出を間近に控え、いよいよ2人の新婚生活を始めようという幸せいっぱいな時期のはずなのに、結婚が現実的になればなるほどに祐子が実感しているのは理想とはかけ離れた現実だった。

新婚生活は新築の高級マンションで、セレブ妻が集まるような街でとイメージしていた祐子にとって、このセンベロの街・赤羽で築30年の古びたファミリーマンションで新婚生活を迎えようとしていることに強い抵抗感があったのだ。


婚約者の友哉とは付き合ってもう3年になる。

友哉と出会ったのは30歳の頃だった。職場であるネイルサロンの同僚だった。通称、美羽ちんが開いてくれた合コンで猛アピールをしてきた友哉のその押しの強さに負けて交際をスタートさせた。

祐子が交際を決めた理由は決してポジティブなものではない。27歳から始めた婚活に疲れきっていた絶好のタイミングで出会ったことが決め手だった。

祐子は婚活市場で言うところの〝高望み婚活女性〟の部類であり、多くの婚活アドバイザー達を困らせてきたのだった。

祐子が希望する男性の条件は、
・年収1500万円以上
・大手企業勤務
・身長175cm以上
・お洒落で清潔感のある男性

そんな祐子のプロフィールは……、
・年齢：30歳
・ニックネーム：ゆうこりん
・職業：ネイリスト
・年収：350万円
・結婚歴：なし
・趣味：料理・美味しいお店開拓
・居住地：東京都
・出身地：千葉県

・学歴：短大卒

そして身体的なプロフィールはと言うと……、

・身長：１６２cm
・体重：48kg
・体型：スリム
・髪型：セミロングの茶髪

・顔：ゴリラ顔。ゴリラ顔にも色んなゴリラ顔がいて、メスゴリラ系というよりは、オスゴリラ系の顔

……ブサイクにも色んなブサイクがいる。
顔が薄いブサイクもいれば、顔の濃いブサイクもいるし、
顔のバランスがおかしいブサイクもいれば、顔に1つもチャームポイントのないブサイ

クもいる。
それこそ、顔の1つのパーツが全てを台無しにしているブサイクだって。
その中でもこの「ゴリラ顔で濃い顔」というのは、厄介なブサイクである。なぜならゴリラ顔で濃い顔というのは、メイクではその顔を誤魔化しようがないから。
不自然に発達した頬骨さえなければ祐子はまだ見られる顔をしていたかも知れない。
しかしその発達した頬骨がほうれい線を際立たせ、
目の下をたるんだように見せ、
頬骨が突起しているせいで目元や口元が窪んでいるように見えてしまっていた。

もちろん祐子は自分の顔が美しくないことに自覚はあった。しかしスタイルが良いせいで、本質的には自分自身にブスのレッテルを貼れずにいた。


「ゆうこりんって、本当スタイル良いよね」とか、

「ゆうこりん、何着ても似合う♡」とか、

「ゆうこりんって、本当に足が綺麗だよね」とか、
こんな風に顔を除く容姿を周りの女子達から褒められることが多いがゆえに、ブサイクになりきれない気持ちがあった。

「ブサイクはブサイクでもスタイルの良いブサイク」

そう言い聞かせ、なんとか自分自身を、肯定していたのである。

そのせいで祐子は〝高望み〟を止められずにいた。


また、彼女の生い立ちもまた、その高望みを助長させた。

そもそも多くの女性達が投機的な高望み婚活を止められない一番の原因は……

10人に1人、いや本当は100人に1人くらいの確率なのかも知れないが、

〝なぜお前がそんなに高スペックの男子をモノにできたんだ⁉〟

と周りの女性達が驚いてしまうぐらいのスペック差のある男女が周りで結婚をしていくのを目の当たりにするからである。


もちろん一般的には確率が低いことは多くの女性達もわかっている。しかし、例外カップルが誕生してしまうたびに、女性達はその奇跡が自分にも起こるかも知れないという期待をしてしまうのである。


この「奇跡」という名の妄想に病的に取り憑かれた女性達には、

〝シンデレラシンドローム〟

という立派な病名がつけられるぐらいに問題視している専門家も少なくない。


婚活アドバイザーや恋愛カウンセラーなどの専門職の仕事の多くはこの「シンデレラシ

ンドローム」から女性達を立ち直らせることにある。

祐子も元々はシンデレラシンドロームの重症患者の1人だった。

その原因こそが彼女の生い立ちにある。

自分ソックリのゴリラ顔の母親がまさに、奇跡をモノにした1人だったのである。

というのも彼女の父親は、高年収、高スペックで、かつ家族想いで優しい人物。

その事実が、彼女のシンデレラシンドロームを重症化させたのであった。


しかしさすがの祐子も、「婚活歴3年」という年月の中で、一度も高スペックの男性からは好意を持たれずに30歳という大台を迎えたわけだ。

〝妥協〟という2文字が脳裏に浮かぶようになっていた。

特に結婚相談所や婚活アプリを通じてデートをした男性からの連絡が途絶えるたびに、脳裏に浮かぶその2文字は、どんどん大きく、そして文字の太さも増していくのだった。


妥協。

妥協。

妥協。

幸せになるために必要なのはそれしかない。

「100点を目指すんじゃなくて、許せるポイントの数を増やしていくと、婚活は上手くいきますよ」

こんな風に、歴代の婚活アドバイザーからも言われることは毎回同じであった。

そんな時に合コンで出会ったのが婚約者の友哉である。

友哉が祐子を好きになった理由は、〝ご飯を美味しそうに食べる所〟だった。

最初祐子は〝馬鹿にされているのか？〟とも思ったが、食品会社ニチエイで営業の仕事をしている友哉にとって、食べている時の表情や雰囲気というのは何を差しおいても一番大事な条件だったらしい。

合コンの会場に使われたビストロ「天下逸品」の5000円コースで最初に運ばれてきたのど黒のカルパッチョに舌鼓を打ち、

目をまんまるにして、

「うんーまぁ！」

と声をあげた祐子の顔を見て、友哉は恋に落ちた。

合コンに呼ばれてもモテた経験のないゴリラ顔の祐子が、いつも楽しみにしていたのは男より料理だった。

美羽ちんや他のネイリストの女の子達に合コンに誘われるのは引き立て役だから。

そんなことはいちいち確認せずとも合コンでの女子達の会話や表情から理解していた。

だからせめて美味しい店をと、お店選びを自ら担当することで合コンというイベントに対して卑屈にならずに済んだのだった。

そんな引き立て役+会場手配係専門の祐子が珍しく合コンで男性に猛アピールされる場面を、合コンに参加していた職場の全女子メンバーが祝福し応援した。

「ゆうこりん、やったね。昨日の合コンに参加してた中では友哉君が一番感じ良かったし、一番人気だったよね。

その友哉君がゆうこりんを気に入るなんて、やっぱり合コンって本当に夢があるよね」

引き立て役をいつも祐子に押し付けてきた美羽からすると、

〝たまにはゆうこりんも良い思いしても良いんじゃない⁉〟

という上から目線が隠しきれなかった。

女子の人間関係の序列は常に、「男からモテるかどうか」で決まる。

時代がどれだけ進もうが、文明がどれだけ発達しようが、優秀なオスを何かしらの魅力で虜にするメス力を持った女性に女性が憧れるという構図は現代でも変わらないわけだ。

そのメス力の中心になるリソースこそが、〝ルックス〟であることは言うまでもない。

優秀な男は、高級車、不動産、高級時計などと同じように、自分の優秀さのシンボルとして綺麗な女性を自分のモノにしたがるからだ。

　この価値観が時代が変わっても全く変わらないことは容姿に恵まれない人にとって残酷な現実の1つだった。

　だから客観的に見て容姿が一番イマイチな祐子が、合コンで一番人気の男性に選ばれたというのは女性達にとっては心温まる瞬間でもあるわけである。

　美羽の、〝夢がある〟という発言も、稀にみる下剋上的な祐子のモテ方を見て自分達にもまた違うカタチで起こる可能性があると思えるからこその発言だった。


　しかし、夢があると言っても、祐子が付き合い、婚約者となる友哉は、イケメンでもなければ、ハイスペでもない普通のサラリーマンの男だった。

　友哉の顔は雰囲気イケメン。つまり、ハッキリ言って、近くでよく見るとブサイクなのである。

　もちろんゴリラ顔の祐子には、文句を言う資格は全くないことを脇においての評価ではあるが……。美羽の〝夢がある〟という発言には暗に祐子に対する低い評価もダブルミーニングとして付け加わっていることは言うまでもない。

　このようにいつも女性達は無意識に容姿を基準にした格付けをし合っている。

　この日の合コン以来、祐子は職場のネイルサロンのみんなから、

「友哉君とはどう？　最近上手くいってる？」と、事あるごとに聞かれるようになった。

〝私達が与えてやった絶好の機会を絶対にカタチにするんだぞ〟

という圧力が正直ウザいなと祐子は感じたことも多かったが、その圧力のおかげで何度も友哉との危機を乗り越えることができた。

しかし、祐子は友哉との結婚に躊躇していた。

恋人の時は気にならなかった年収500万円という友哉の収入が、いざ結婚となるとこんなにも〝少なく〟感じるものだとは祐子にとって思いもよらなかった。

2023年3月6日～3月15日に、日本結婚相談所連盟で活動する男女1539人を対象（男性945人、女性594人）に行われたインターネット調査では相手に求める理想の年収として「700万円」と答える女性が一番多かったとされている。

国税庁の「令和3年分 民間給与実態統計調査」による実際の平均年収は25～29歳の男性では404万円という結果が出ていること。

そして年齢問わず男性の年収「600万円超～700万円以下」の割合は9・4％しかいないこと。

そんな統計調査の結果を眺めては〝平均以下の容姿なんだから年収500万円の男と結婚できるだけ幸せよ〟という文脈で祐子はこの3年間、精一杯自分を説得してきたのだった。

この統計や客観的な価値観から、

「だから幸せと思わないといけない」

「だから感謝しないといけない」

と、自己説得することが祐子は得意だった。

子供の頃から何度この文脈で自分の本心を押し殺してきたかわからない。

「ブスなのに友達でいてくれる女友達には感謝しなきゃだよね」

「ブスなのに能力とか人柄を評価してくれる周りの人には感謝しないとね」

そんな風に自分に言い聞かせながら、わきまえた生き方をしてきたのだ。

ただ、そういった説得にどうも納得できない、どうしようもないエゴイスティックな人格が必ずブサイクの中にも存在しているのである。

そしてそのエゴイスティックな人格は、自己説得に反発するたびに、

〝ブスが夢見て何が悪いんじゃー〟

と必ず心の中で喚き散らすのであった。

ところが祐子はブサイクとして幸せに生きていくための処世術として、その叫びは絶対に口にしてはいけないことだと人生で数多くの勘違いブスを見て学んだ。

「だから幸せと思わないといけない」

「だから感謝しないといけない」

この文脈が頭の中から欠如したブサイクのことを祐子は心の中で「勘違いブス」と呼ん

でいた。祐子は女性の人間関係の中で勘違いブスが味わう悲惨な末路を沢山見てきた。

ブスなのに高校の文化祭で、中島美菜のヒット曲「glamorous sun shine」をギター片手に自信満々で歌った、相川優奈がイジメられた事件。

ブスなのに当時流行っていたhome worksの〝可愛くてゴメン〟に合わせたダンスのショート動画を大川映美がSNSにあげたことで大炎上し、挙げ句の果てにスクールカースト上位の女子達に〝ブサイクでゴメン〟と書いたTシャツを着させられて動画をSNS上に晒された事件。

ブスで肥満体型なのに柔道部の男子に告白されて「ゴメンなさい。私は痩せマッチョの体型の男子が好きなの」とポロっと本音を言ってしまった中川薫が学年中の男子から高校3年間無視され続けた事件。

ブスが身の程をわきまえない発言や行動をすると周りから攻撃されるリスクがある。

美人は許されるけど、ブスがやってはいけないことが世の中にはいっぱいある。

だからブスが幸せに生きていくために、「わきまえること」以上に大事な振る舞いはない。

祐子はそう心に誓って生きてきたのである。

し・か・し‼

新婚生活を送るための部屋の内覧に来ている今まさにエゴイスティックな人格が心の中で喚き散らしている。

〝ブスは風俗街が目と鼻の先の築年数30年の場所で新婚生活を送らないといけないの⁉

なんで⁉

なんで⁉

なんで嫌って言っちゃダメなの⁉〟

大抵のことは〝ブスだから〟という理由で妥協を重ねてきた祐子だった。

しかし、どうしても「住む環境」というものに対しては妥協しきれない部分があった。

〝いくらなんでもこの環境で新婚生活をスタートさせるのは惨め過ぎる〟

という自分とは裏腹に、

〝ブスなんだからここでワガママを言って結婚の話がなくなったりしたら……、

一生結婚相手なんて見つからないかも知れない。

しかももう私は33歳。婚活市場での価値はこの3年でさらに急激に下がっているはず。

そもそもこんなにブスなのに結婚して貰えるだけで有難いと思わないとバチが当たるよ〟

……そう冷静に説得してくる自分もおり、祐子は葛藤していた。

この無理のある自己説得に祐子の精神はギリギリの所まで追い込まれていた。

そしてさすがの祐子にもその我慢の限界を超える大事件がこの後起こるのであった。


「えぇ、確かにこの広さでこんなに交通の便が良い物件中々ないよね。

凄いね。都内で60平米あって15万円以下なんて絶対中々出てこない物件よね。

でも……もうちょっと建物が綺麗な方が気分上がるよね⁉

友哉は建物の外観とか気にならないの⁉」

精一杯の勇気を振り絞って友哉の機嫌を損ねないように、祐子は本音の片鱗を恐る恐る言葉にした。

「えっ⁉　オレは建物の見た目より圧倒的に中の空間の方が大事だと思うけどね。

確かにエントランス部分は古いなぁー、汚いなぁーって感じてしまうかも知れないけど、中に入ってしまえば関係ないじゃん。

築年数古いけどさ、中はしっかりリノベーションされてて全然古く感じないわけだし。

祐子はなんでそんなに建物の外観にばっかりこだわるの？」

友哉はくったくのない顔で自信満々にそう言い切る。

〝オレは外観にこだわらない男だからお前を結婚相手に選んでるんだぞ〟

そうハッキリ言葉にはしないけれども友哉の価値観はきっと住まいを選ぶ時もパート

ナーを選ぶ時も同じなんだと祐子は思った。

友哉が持つその〝外観よりも中身が大事〟という価値観は、祐子にとっては外見を否定されているような気分だった。

ルックスの良い人からすると、

〝自分の中身を好きになってくれるなんて羨ましい〟

なんて綺麗事でこの状況を解釈するのかも知れない。

ただ祐子としては、とてもではないけれどそんな気持ちにはなれないのだ。

「自分が人生で出会った中で客観的に一番美人、一番可愛い」なんて嘘をついて欲しいわけではない。しかし、「自分が人生で出会った中で個人的に一番好みなんだ」とせめて自分の恋人には思っていて欲しいと世界中の人が思っているのではないだろうか？

祐子にしてみても、

〝外観よりも中身が大事だよ〟

ではなく、

〝祐子の見た目も大好きだよ〟

と、本当はそう言って欲しいのだ。

そんな本心が入り混じってしまったのか、先ほどの友哉の問いかけに対して祐子はつい、

「私はやっぱり中身も大事だけど、見た目も大好きって思えるお家に住みたいなぁ」と、そんな言葉を口にするのだった。

その言葉を発した瞬間、さっきまで穏やかな表情をしていた友哉の表情が一気に険しくなった。

「なんで祐子はそんなに〝見た目〟にこだわるの？

これって住む所だけの話じゃないよね？

旅行先でレンタカー借りる時も、仕事で使うパソコンを選ぶ時も、祐子って何かにつけて見た目で選ぼうとするよね⁉

ずっと言いたかったけどさ、それって矛盾してない⁉」

〝矛盾⁉〟

祐子にとってその言葉が異常に引っかかった。

「矛盾⁉　何が矛盾なの？

それって私がブスで見た目が悪いのに、旅行先で乗る車を選ぶ時も、仕事で使うパソコンを選ぶ時も、見た目で選ぶのは矛盾してるってそう言いたいの⁉

私はブスだから、綺麗なものや可愛いものに触れて気分を上げたいなんて思っちゃいけないの？

私はブスだから帰ってきた時にルンルンするようなエントランスのマンションに住みたいって思っちゃいけないの？

〝オレはブスのお前のこと、中身で選んでやってるのに、ブスのお前は何かにつけて見た目にこだわりやがって〟

ってそう言いたいの⁉　そういう上から目線で私のことを見てるなら結婚なんてしなきゃ良いじゃない！」

〝うわっ‼　言っちゃった。

ブスのくせに言ってはイケナイ本心を言ってしまった〟

祐子は後悔した。内面でしか発することのなかった叫びを「言葉」にしてしまったことに。

しかし、手遅れだった。


「祐子はオレのことそんな風に思ってたんだね。

じゃあオレも言わせて貰うけど……、

祐子のそういうネガティブで被害妄想がキツいところはオレ、苦手。

いつもではないけれど、祐子ってさ、出来事の解釈の仕方がブサイクだよね。

オレは祐子の外見のこと気にしたことはないよ。だけど、祐子が自分の外見のことをいつもコンプレックスに感じているのはいつも気になってた。

こんなこと言うとまた〝上から目線〟って思われるんだろうけどさ、祐子自身が、自分の内面的な美しさをもっと認めていかないとさ、幸せにならないと思うんだ」

「出来事の解釈の仕方がブサイク」とは上手いこと言ったもんだと、祐子は一瞬、感心をしかけた。

しかし、その数秒後には、「試合終了」を告げるアラームの音が頭の中に鳴り響いていた。

〝持って生まれてこなかったもの〟を嘆いても幸せにはなれない。

〝生まれてきた時に与えられたもの〟に目を向け感謝する。

〝生まれてきた時に与えられたもの〟は当たり前じゃない特別なもの。そう感じられる人が幸せになれる。

そんなことは祐子が一番わかっていた。

これまでも友哉に散々、同じことを言われてきたからだ。

旅行先でレンタカーを選ぶ時も、

仕事で使うパソコンを選ぶ時も、
思い返せば祐子たちはいつもいつも同じようなことで小さな喧嘩をしてきた。
ただいつも祐子が本心を押し殺し、
〝そうだよね、友哉の言う通りだよね〟
と折れることでここまで大事にはならなかった。

この友哉の説教臭い〝外見より中身〟という価値観を押し付けられてウンザリしそうな時にもこのことが脳裏に浮かぶのは、翌日職場に行って同僚の美羽ちんに、

「友哉君とはどう？　最近上手くいってる？」と聞かれたら……

という妄想が働いて本心が暴走するのを止めてくれていたからだ。


しかし、そもそも友哉は何をもって祐子の内面を素晴らしいと評価しようとしているのだろう？　と、祐子が疑問に思うことも多かった。

出会った日に夢中でカルパッチョを頬張り舌鼓を打つその姿に一目惚れしたと言われても正直ピンと来なかった。

むしろ祐子にしてみれば、付き合いが長くなるにつれて、

〝オレは外見よりも中身で人を評価する人間です〟と、そんなプレゼンテーションを周りにする道具にされているように感じることの方が多かった。

そう感じるたびに、そう感じてしまう自分の卑屈さに祐子は気づき、

〝ブスはしっかり心の中までブスなんだよ〟

とさらに自分への嫌悪感を強めてしまうのであった。

そんなことを考えながら黙り込んでいる祐子の様子を察したのだろう。

この物件をすすめた張本人、アパマルホームの営業マンである友哉の高校時代の後輩・中丸悠太が必死にフォローを始めた。

「祐子さん、住まいの良さって、人間と一緒で、中からじゃないとわからないことがいっぱいなんです。

先輩が祐子さんと付き合って3年間のうちに、一緒にいないとわからない祐子さんの素晴らしい部分を沢山見つけて結婚を決断したのと同じです。

この部屋にも住んでみないとわからない良さがきっと沢山あると思います。この物件の売りはやっぱり短期で退去される方が他の物件と比べて非常に少ないことなんです。

古い物件ですが、入居される方に少しでも住み心地の良さを手にして欲しいと家主さんがあらゆるところに心遣いを張り巡らせているんです。

ほら例えば、ここ。この元々古い押し入れタイプだった収納スペースもリノベして今風なウォーキングクローゼットに改築して下さってるんですよ」

そう言いながら中丸がウォーキングクローゼットの扉を開いた瞬間だった。

「ガサガサ」と音を立てて、見覚えのある茶色い生きものがそのクローゼットの手すりを楽しそうに、駆け回っている様子が祐子の目に飛び込んできた。

「ぎゃぁぁぁぁぁぁ‼

ゴキブリ！！！！！！

ゴキブリがいる‼」

祐子は咄嗟に大声をあげた。

それを見なかったことにできると思ったのだろうか。中丸はウォーキングクローゼットの扉を勢いよく静かに閉じた。

「まぁ、住んでみてやっぱり古い物件ならではのデメリットが目につくこともあります。ですが、それも住まいの個性として受け入れていかれる方が多いですよ」

中丸にとって苦し紛れの言い訳だった。

そんなことで祐子の気が晴れるわけはない。祐子は、息つく暇もなく感情的に反論した。

「絶対に嫌‼　私はゴキブリが出没する恐怖に怯えながら送る新婚生活なんて受け入れられません。

何が住んでみないとわからない良さがあるよ！　これじゃあ住んでみないとわからない

悪い部分がいっぱい出てくるイメージしか湧かないわよ！」

酷い剣幕で自分の後輩を捲し立てる恋人の姿を見て、友哉はとうとう愛想をつかした様子でこう言った。

「祐子の言う通りだね……。

こうやって住む所を一緒に探しに来てみて初めて祐子のそんな顔で人に怒鳴ってる所を見たかも知れない。正直ちょっと驚いてる。

確かに受け入れられないよね。


お互い。結婚は1回冷静に考え直した方がいいのかも知れないね」


こうして内見が終わりマンションの扉が閉まると同時に、祐子と友哉の関係性にも幕が下ろされた。

ウォーキングクローゼットから出てきたゴキブリは、お互いがまだ気づいていない「受け入れ難い内面」を表していたのかも知れない。

皮肉にも最後だけは相性良く、祐子と友哉はそう同時に思った。


高望み婚活を27歳から頑張った3年間。

妥協交際を30歳から頑張った3年間。

合計6年間。

高望みしようが、妥協しようが、ブサイクはブサイクのままでは結局幸せな結婚はできない。

この時祐子はそう実感していたのだった。

祐子に残された道は、この容姿と決別するしかない。

そんな自分の容姿に絶望した祐子が、自分の思い描いた姿に変えてくれる不思議なチカラを持つと噂されているナルシスの鏡の情報に辿りつくまでにそう時間はかからなかった。

4．鏡の中の自分

「こんにちは……。13時からご予約させて頂きました、中橋祐子です」

祐子がナルシスの鏡を目当てに光太の元を訪れたのは赤羽ゴキブリ事件の1週間後のことだった。

高望み婚活を3年。

結婚前提の妥協交際を3年。

自分の存在価値を懸けて戦った6年という時間は祐子から〝若さ〟という一番の価値を奪っていた。

「幸せな結婚」という明るい未来のイメージが一切できなくなり、完全に無気力になった祐子は1週間家に引きこもっていた。

職場のネイルサロンにも理由を言わず、退職の意志を伝えた。職場の仲間のネイリスト達も何となくだが何が起こったのか事情を察し、祐子に連絡することはなかった。

祐子と仲の良かった同僚の美羽は、「かわいそう」という同情心よりも心のどこかで、合コンで引き立て役をさせていた祐子に先を越されるという焦りから解放された安心感の方が強かった。

全ての女性がそうだとは言わないが、女とはそういう生き物なのである。

幸か不幸か、そんなわけで職場のネイリスト達から連絡のない状況は、祐子にとってちょうど良かった。

《ゆうこりんなら、もっと良い人見つかるよ》

そんなうわべだけの励ましのメッセージに、うわべだけの返信文を考えるストレスを許容できる余裕は祐子には残されていなかったからだ。

〝今の惨めな自分のままで誰とも関わりたくない〟

人一倍、他人からの評価を気にする性格の祐子はそう思っていた。

その想いが最初は美容整形の情報を血眼になって探していた祐子とナルシスの鏡を引き合わせたことは間違いなかった。

「お待ちしておりました。

結婚直前に婚約者に婚約を破棄されてしまわれた中橋祐子様でよろしかったですね？

はじめまして。この店のオーナー美容師・新堂光太と申します」

いつもの失礼なスタイルの挨拶をかます光太の容姿を、祐子は舐め回すようにチェックしていた。


〝ネットで評判の通りブサイクじゃない。

だけど、いくらこの男がお金持ちでもちょっとこの顔じゃ付き合えないわね。

てかこの人、そもそもお金持ちなの？

何１つ高そうなモノは身につけていなさそうだけど。

特別メニューのカットの料金が30万円。

予約が割とすぐに取れたことから見積もって、だいたい月に予約が10件ってところね。そうなると、月の売り上げは最低３００万円。

でも場合によっては半額返金してるわけだし、３００万円って予想は少しざっくりだな。

何割の客に半額返金しているんだろう？

まぁ細かいことはわからないけど、家賃とか経費とかを差っ引くと年収はいっても６００万円ぐらいってところか。

うーむ……、

この顔で年収600万円はキツイなぁ……。

っておいおい私は何を考えてんだ。

私みたいなゴリラ顔の女、向こうだって無理でしょう〃

祐子には無意識に出会った男を結婚相手として査定する悪い癖があった。

その悪い癖に気づいて祐子は自分にまた一段と嫌気がさした。

「オレの顔になんかついてますか？」

いつも以上に何かを観察されていることを感じとった光太は祐子の意図を探ろうとした。

だが、まさか自分が結婚相手として査定されているなんて知るよしもなかった。

「いえいえ気にしないで下さい。

とても素敵な雰囲気の方だなと思い見惚れてしまってました」

思っていなくても条件反射で適当な褒め言葉を見つける。

これも祐子が高望み婚活をする中で身につけた無意識の習慣の1つだった。

「ありがとうございます。

あんまり初対面で褒められることないですけどね。

言われると嬉しいもんですね。

今日はコンプレックスカットをご希望だとお伺いしてますので、まずはロッカーに荷物をしまってあちらの奥の席におかけになって下さい」

光太は祐子の社交辞令を受け流し、ナルシスの鏡のある奥の席へと案内した。

「さぁ、中橋様。心の準備は良いですか？

ナルシスの鏡に実際に自分の姿を映し出す前に、今回ご利用して頂きます〝コンプレックスカット〟にかかる時間と料金、並びに当店で所有しております大変珍しい鏡・ナルシスの鏡について改めて説明させて頂きますね」

席に祐子を座らせた光太は説明を始めた。

「ネット上では色んな情報が出回っていてご存じかもしれませんが、実際にこのメニューの提供時間は6時間頂いております。

中橋様は13時からのご予約ですので終了する時刻は19時を予定しております。

ただしこれは今からナルシスの鏡と向き合って頂き、中橋様のコンプレックスが鏡にしっかり反応した場合の話になります。

鏡が中橋様のコンプレックスから大きな絶望を感じとった場合、中橋様の魂は鏡の中へと吸い込まれます。

そして魂は鏡の中の世界を旅することになります。

その世界で中橋様が体験するのは理想の容姿を手に入れたもう1つの仮想現実です。

でもその世界はリアリティがあり過ぎて鏡の中の世界と現実の世界の区別はつかなくなるでしょう。

ですから夢を見るのとは全く違う感覚を味わうことになります。

そして魂の抜け殻として現実世界に残された肉体は仮死状態となりますので、魂が旅をできるのは6時間が限界です。

ただ鏡の中の時間と現実の時間の流れは異なります。

現実世界での6時間は、
鏡の中の世界での時間では66日間になります。

だからもしも元の現実に戻りたい場合は、鏡の中の世界の時間で66日以内にまた鏡の前に戻ってくる必要があるわけです。

つまりもし鏡に魂を吸い込まれることになったのなら中橋様は、
美しい姿を手に入れた鏡の中の世界を生きるのか？
元の容姿に絶望した現実を生きるのか？
66日以内にその選択を迫られることとなります。

そして66日を過ぎてもなお魂が鏡の中に残る選択をした場合、元いた現実の世界で中橋祐子という存在は消滅することになります。

抜け殻になった肉体も6時間後には鏡に回収されてしまうわけです。

そして元にいた世界で中橋様に関わった全ての人の記憶からも中橋様に纏わる記憶は消えてしまいます。

中橋様の場合は独身でいらっしゃるので割とリスクは少ないかなと思います。

もしもその人物に子供や孫などの子孫が存在する場合、同時にそれらの存在は全て鏡の中に飲み込まれ消滅してしまうことになりますので。

ここまでざっと説明致しましたが、ご理解頂けましたでしょうか？」

ネットで事前に確認した通りの情報を説明する光太の方を見て、祐子はここに来たら絶対に聞こうと思っていた質問をし始めた。

「あのぉー、1つ聞きたいことがあるんですが良いですか？」

「はい、何でも遠慮なく聞いて下さい」

「もし魂が吸い込まれたら鏡の中の世界で美しい容姿を手に入れた自分を体験するわけじゃないですか？

純粋に鏡の中の世界での私の過去の情報ってどうなるんですか？

私はブスだったのに突然綺麗になった人として認識されるのか？

私がブスだった頃の記憶は周りの人達の記憶から消えてしまって私の知らない過去が作り出されてしまうのか？

私の過去の記憶と周りの過去の記憶がズレてしまったとしたら最初ってタイムスリップしてきた人みたいになりませんか？」

「良い質問をしますね。もう鏡の中の世界に行く気満々じゃないですか。

それはその通りで鏡の中の世界では、自分がブサイクだった頃の記憶を覚えているのは中橋様だけになります。

もちろん鏡の中の世界では、美人だった過去が存在します。

ただ、それは鏡の中の世界に入った中橋様にとっては持ち合わせていない記憶です。つまり、鏡の中の世界に入った中橋様は、一種の記憶障害のような状態を味わってしまうことになります」

「えぇ、やっぱりそうなんだ。じゃあ私の非モテだった学生時代や婚活に挫折した思い出は全部、全部、全部、私だけの思い出になるのね」

「はい。恐らく中橋様ご自身の価値観と想像力の中で、〝もし自分が美人だったらあの時の体験はこうなっていたのにな〟というタラレバの妄想の体験が、鏡の中の世界では過去の記憶そのものになるはずです」

「うわぁー！　それ最高じゃない。

じゃあ本当の意味でブスで悩んできた過去の自分と決別できるってことね。

私、絶対に鏡の向こうに行ってみせるんだから。鏡にへばりついてでも絶対行ってやるんだから」

「いやいや物理的に頑張ってどうのこうのってものでもないので変に気合い入れるのはおすすめしません。

でも覚悟はもう決まってるわけですね。じゃあ早速、鏡のカバー外しますよ。

中橋様は目を瞑って下さい」

祐子は光太に言われるままに目を瞑った。

すると不思議と祐子の頭の中に先日別れることになった婚約者の友哉の顔が思い浮かんだ。

そして、〝もしも自分が美人だったら〟婚約者の友哉からのアプローチを受け入れていただろうか？　と3年前のことを思い返していた。

しかし、思い返してすぐに祐子は、その前にアプローチされていないかも知れないと思った。

なぜなら、友哉は、〝見た目より中身〟という、祐子にとって吐き気がする綺麗事が好きな男である。そんな友哉が、美人になった祐子にアプローチするとは思えなかったからだ。

それに祐子は、「美人だったとしたら27歳で高望み婚活をしていたあの時期に、きっとみんなが羨ましがるようなハイスペ男子を捕まえることに成功していたに違いない」とも思った。

そうやって〝もしも自分が美人だったら……〟と過去を遡り、その妄想がもうすぐ現実になるかもしれないことに興奮状態になった。

祐子が頭の中で何を妄想しているのか光太にはわからなかったが、これまでの言動と祐子の様子から直感的に魂が肉体を離れる準備を始めているように感じた。

鏡に魂を吸い込まれる女性とそうでない女性では事前に聞いてくる質問が全く違うのである。

「それではいきますよ‼　1・2・3。

はい‼　それではゆっくり目を開けて、鏡に映る自分をじっと見つめて下さい」

恐る恐る鏡に映るゴリラ顔の自分と目を合わせた。

異変が起きたのは次の瞬間だった。

まるで強力な接着剤で貼り付けられたポスターが無理やり引き剥がされるように、自分の肉体から、意識だけが引きちぎられる感覚に祐子は陥ったのである。

それは明らかに、これまで慣れ親しんだ自分の肉体が自分のものではなくなるような感覚で、祐子は恐怖すら覚えた。

しかし、竜巻の中に迷い込んだ塵紙のように、この状況に対して祐子には抵抗する術がなかった。引きちぎられた意識は、ぐるぐると宙を彷徨い続け、とうとう祐子は意識を失ったのである。


「中橋様！　中橋様！

目を覚まして下さい！」


祐子は、聞き覚えのある声で目を覚ました。

意識を取り戻した祐子は、意識の足場を見つけた感覚を確認し、再び肉体を手に入れたことを実感した。

目の前には見知らぬ女性がいた。

クッキリとした二重まぶたに、
ぷっくらした分厚い唇に、
コントラストになるような女性らしい小さな丸い小鼻。

それは、祐子の理想が詰まった美貌を持つ女性である。

「ん？　誰？」

祐子は、「まさか、これは……」と、自分の脳が発するまばたきの指示と、目の前の女性のまばたきのタイミングが同じことを何度も確認した。

4. 鏡の中の自分

「やばい！　何度やっても、自分の意思と同じタイミングで女性もまばたきをしている！これ、私だ！」

祐子の心拍数が急激に上がった。

「これが新しい私の顔……。なんて美しいの」

祐子は自分の顔ながら、自分の顔に一瞬で恋に落ちた。

「中橋様。いかがされましたか？新しい髪型はお気に召しましたでしょうか？」

そう光太に言葉をかけられるまで、祐子はヘアスタイルが変わったことに気づいていなかった。セミロングの茶髪だった祐子の髪は少し短くカットされていてふんわりとしたミディアムヘアになっていた。

もちろんその髪型は新しい祐子にとてもマッチしていた。

「はい、もちろんです。とても気に入りました。本当別人みたい」

その祐子の言葉に光太は何かを勘づいた様子で微笑んでいた。

「そうですよね。そんなに短くカットしたわけじゃないですが髪の毛が肩にかかっているのといないのとでは首周りから輪郭辺りの印象が変わりますからね」

もちろん鏡の中の世界の光太にも祐子がブサイクだったという前提は削除されている。

つまり、光太にとって目の前にいる祐子は、普通に自分の店にやってきた美人な客である。

しかし、鏡の中の世界の光太もこのナルシスの鏡のカラクリを知っていた。

そんなわけで、〝この美人なお客様は、鏡の向こうからこちらにやってきたのでは⁉〟と疑う瞬間があった。

だからこそ、この手の美人な客が来た時は、

〝このお客さんから、66日以内に予約が入るのだろうか？〟

と、そう思いながら接客をするのであった。


「本当にありがとうございます。この髪型とても気に入りました」


笑顔でそう言いながら帰り支度をする美女に光太は声をかける。

「次のご来店の予定って考えておられますか⁉　ウチのお店、極端にリピートのお客様が少なくて。

新規っていうか一見のお客様ばっかりなんですよね。良ければまた担当させて下さい」

そう話す光太に本当にブサイクだった自分の記憶が削除されていることを確認した祐子

はニコリと笑った。

「はい。是非またよろしくお願いします」

そう言い残し、そそくさと祐子はお店を出た。

美容室・ナルシスの鏡から浅草駅まで真っ直ぐ帰るのがもったいないと思った祐子は、わざわざ人通りの多い観光スポットである浅草寺の敷地の中の道を通って帰ることにした。

祐子は通る人、通る人からの視線が明らかに今までと質が違うことを実感していた。

今自分に向けられている視線は、野生動物が獲物を狙うような感覚を抱かせる視線。

それをオブラートに包むのが上手い男もいれば、オブラートに全く包めない男もいる。

しかし共通しているのはこの容姿に多くの男の本能が強く刺激されているということである。

こういった男の本能を含んだ視線のビームを浴びてきた分だけ女は自分の存在価値に対する評価を無意識に引き上げているのかも知れない。

祐子はほんの数分、人通りの多い道を歩いただけでそう感じた。

なんせ〝ブサイクは男の視界に入らないこと〟を祐子は今までの人生で嫌になるほど経験してきたわけである。

ネイルサロンで働いていた頃。たまに来店する男性客の視線は、決まって爪を削っている目の前にいる自分ではなくて、奥の席にいる美羽の方を向いていた。

合コンで目の前に座った男は耳と口だけで自分と会話をしていて、視線の先を追うとそこにはいつも楽しそうに笑う美人の美羽がいた。

そのたびに祐子は、

〝ブサイクは男の視界に入らない〟

と実感するのであった。

どういうカラクリで視覚情報が本能的な欲求に働きかけるのかは祐子は詳しくはわからない。しかし、浴びる視線の量と質というのは誤魔化しが利かないと、祐子はこの時思った。

祐子が婚約者の友哉の綺麗事が大嫌いだった理由もそれである。

〝外見より中身〟

そんな綺麗事を言いながらも、一緒に街を歩いている最中にすれ違う美女に友哉の視線を奪われる瞬間を祐子は何度も確認していたのだった。

そしてそのことを誤魔化すように、友哉は決まってその後すぐ祐子の方をずっと見つめ直す癖があった。これが祐子にとってはたまらなく不快だったのである。

まだそれなら自分に正直な男の方がいい。

「オレは可愛い子が好きだ」

そう言える男の方がマシなのだ。

どこから湧いてくる正義感なのか？

〝オレはブスにもこんなに優しくできるんだぜ〟

友哉のコミュニケーションには必ずそういった自己主張が付き纏った。

しかし、そんな何の説得力もない自己主張をする友哉に対して本心を言えない自分も結局は友哉と同じ嘘つきだから仕方ない。

祐子はそういった自己説得を続けながら友哉との関係を続けてきたのである。

そんな醜かった頃の記憶を思い出しながら祐子はいつしか浅草駅に到着していた。

銀座線に乗り込み、自宅の最寄駅である上野駅へと向かった。

電車に乗っている最中も感じる視線が過去の自分とはまるで違うことを再確認した。

そして電車の窓に反射する美し過ぎる自分に見惚れて恍惚状態のまま、あっという間に上野駅に到着した。

〝幸せ過ぎる〟

ただ美容室から上野駅まで帰ってきただけなのに。

まだ何も大きな出来事は起きていないのに。

祐子はそう強く実感していた。

ただ存在しているだけで美人はこんなにも幸福なのか。ほんの数分の移動の間だけでもブサイクと美人の幸福度の違いを祐子は強烈に実感していたのだった。

祐子は上野駅の不忍口の方から駅を出て上野広小路の方面へ歩みを進めていた。

祐子は先ずどうしてもこの美貌を手に入れて最初に行きたい場所があった。

そこは祐子の行きつけのシーシャバー「chill chillミチル」であった。

祐子が働くネイルサロンの近所でルーフバルコニーに観葉植物がお洒落にレイアウトされている祐子の憩いの場所であった。

そのシーシャバーに祐子が真っ先に行きたかった理由はとてもシンプルである。

そこのシーシャバーには明らかに垢抜けたハイスペックな男性客が集まってくるからである。

そして、その店の最大の特徴は、洗練されたハイスペ男性客とその男に似つかわしい女性客がリアルマッチングしていることにある。

もちろん祐子は、その恩恵を享受したことはなかった。

だからこそ、美貌を手に入れた今、そんなシーシャバーで恩恵を受けてみたかったのである。

シーシャバー「chill chillミチル」の暗黙の出会いのシステムは以下の通りである。

男性客が気に入った女性客を見つけると店員にそれを伝える。

そして店員が交渉をする。

「あちらのお客様が相席を希望されていますが、いかがなさいますか？」

断る権限を女性客に与えつつ相席を希望している男性客を手で指し示し人となりを伝え交渉を進める。


言うまでもないが祐子は、一度も相席を希望されたことはない。

そんなわけで祐子は相席を希望され、白々しくも勝ち誇った女性達の表情をいつもシーシャをプクプクふかしながら、そして、ただただ指をくわえながら見送っていた。

時々、シーシャが涙の味がするのを祐子は感じていた。

そんな過去を振り返りながら上野駅から歩くこと5分、祐子はchill chillミチルのあるビルの下に辿り着いた。

エレベーターで8階に上がると間接照明でライトアップされた入り口の看板が祐子を〝ようこそ〟と言わんばかりに待ち構えている。

いつもより軽く感じる扉を開けると、店長のミチルが祐子を出迎えた。

店長のミチルは耳はもちろん、鼻、舌、へそ、などところどころにピアスを開け、パンクなファッションに身を包む、スレンダーな美女。

せっかく一般男性にもウケる容姿のミチル。それなのに、ピアスを開けまくっている理由は、「どうでもいい男が寄ってこないように」するため。

そんな予防線に、祐子は何度ジェラシーを抱いたかわからない。


ところで、そんなミチルの出迎え方が今までとはまるで違うものだった。

「いらっしゃい、ゆうこりん。髪型変えた⁉

それにしてもあなた、何しても似合うのね。本当に罪な子。

席もシーシャも飲み物もいつものもので良いのよね⁉」

元の世界では、
「いらっしゃい、ゆうこりん。
今日も一段と頬骨が出っ張ってるわね。
油断したら刺さりそうよね。
でもそんなゆうこりん好きよ♡
あっ、褒め言葉になってないか⁉　ははは」
と祐子を出迎えたミチル。
そうやって容姿のことを包み隠さず突っ込みながら、自分の存在を受け入れてくれているミチルの存在が祐子にとって心地よかった。

それが祐子がこの店に通う、大きな理由だった。


しかし、今や、美人として扱われている。しかもあのミチルから。

つくづく、別人の人生を歩んでいるのだと、祐子は改めて実感した。

祐子は、外のバルコニーの席も店内の席も全体が見渡せる座り心地の良いお気に入りのソファー席に腰をおろした。

この日のchill chillミチルの店内は、
カップルが2組（バルコニー席）、
男性2人組が1組（店内）、
男性1人が5席（店内）、
そして女性1人で来ている客が祐子の他にもう1人いた。
この戦況は祐子が新しい顔面の破壊力を試すのにはピッタリの状況であった。
バルコニー席に男と来ている2人の女性は先ずは戦線離脱している。
ということはもう1人の女性客と祐子の実質一騎打ち状態なのである。
祐子は、そのライバルの容姿をなるべく気づかれないように、頭の先から足の先までチェックし戦略分析をした。

身長は157cmぐらい。

体重は見た目ではわからないが恐らく40kg半ばから後半のスレンダー体型。

胸はそんなには大きくないように見えるがこれも服の上から測れない要素の1つである。

わかることはこの日、「胸」を武器にしたファッションはしていないということ。

ただスカートのスリットの深さ具合から「chill chillミチル」の暗黙の出会いのシステムを熟知している女であり、ナンパ待ちでシーシャを吸う女であることが伝わってくる。


そして肝心の顔面偏差値は、日本人男性の多くが好む色白でアッサリ顔の童顔美人。

目も鼻もほっぺも輪郭も全てがパーフェクトに丸みを帯びている。

もちろん丸顔は丸顔でも小さい丸顔。

一言で言うなら、甘い和菓子だ。

そんな雰囲気を漂わせる女性は中々手強い相手だと祐子は感じた。


きっと過去の祐子であれば勝負にもならず不戦敗。

ところが今は違う。

祐子は店内の男性達の視線を確認するように見渡すと、1人で来ている5人の男性中4人が自分の方をチラチラと見ていることに気づいた。

残りの1人はどちらの女性にも目をくれずスマートフォンと睨めっこしながら難しい顔をしている。

恐らく本当にただ仕事をしに来たのであろう。

となると……、
この日の評価者にあたる4人中4人が祐子を見ていたことになるわけだ。この大圧勝に祐子は心の中で歓喜した。

〝YES‼ EASY FIGHT‼〟

格闘家が自身のコーナーで勝利の雄叫びを上げるように祐子の気持ちは昂っていた。

4人の中の1人の男性が早い者勝ちであるこの状況に気づいたのか手を上げてミチルを呼び出した。

その男性はツーブロックのオールバックに清潔感のあるヒゲを蓄え、黒い肌がその濃い顔とマッチしているお色気むんむんのイケメンだった。

バルクアップされたカラダがハイブランドのスウェットからでもわかる逞しさを兼ね備えていた。

「ミチルさん、あそこにいるお人形さんみたいな彼女？ 隣どうかな？ 悪いけどちょっと聞いてきてよ」

そんな注意して聞き耳を立てずともハッキリと聞こえていたその声に祐子の興奮はさら

に高まった。笑顔を浮かべながら目でサインを送るミチルが祐子の方へと近づいていく。

「ゆうこりん、いつもゴメンね。たまには1人でゆっくりさせてあげたいんだけど今日も相席のご指名だよん。

どうする⁉　もちろん断っても良いけど、あの人、木村貴文さんって言ってジムの経営で成功されてるし、それだけじゃなくてパーソナルトレーナーとしても超有名人。

動画SNSのi Tubeとか見たことない⁉

多分100万人ぐらい登録者がいたはずよ。

あっ、でも。

もちろん嫌味のないスカッとした性格だし個人的にはオススメよ」

祐子の胸はますます小躍りをした。

〝選べない側〟から、〝選ぶ側〟になっているこの状況に。


「こっちの世界ではこれが私の日常なのか」

思わず、そんな言葉が口からこぼれた。

しかしこの後、祐子は木村貴文のお誘いをキッパリと断ったのである。

なぜなら、祐子は、「男の誘いを余裕綽々で断る」という体験もしてみたかったからだ。

今の祐子にはそれをする余裕があった。

「ミチルさん、ゴメン。

正直私もめっちゃタイプなんだけど今日はあんまり時間がないのよ。

だからまた今度ここで偶然出会ったらその時は必ずご一緒しましょう。

そう伝えて貰えないかな？」

優越感たっぷりに祐子は、そうミチルに伝えるのだった。


「あなた、本当に可愛いだけじゃなくて駆け引きが上手よね。

普通の女なら絶対に飛びつくわよ。正直滅多に来ないVIP客だからゆうこりんには協力して欲しかったけども無理は言えないからね」

そう言うとミチルは腰をフリフリ奇妙な歩き方をしながら、色気たっぷりな成功者の男の席に行き、祐子の言葉を伝えた。

その伝言を受け取った木村貴文はニヤリと祐子の方を見て会釈をした。

そんな会釈に対して、祐子もまた、少しだけ口角を上げ、会釈をするのだった。

内心、祐子の胸はやはり、小躍りをしていた。いや、小躍りどころの騒ぎではなく、フラメンコを踊りながら、同時に社交ダンスを踊るような、そんな気分だった。


この店でやりたかったことはやり尽くせたこと。

そして、木村貴文への伝言が嘘にならないようにすること。

そんな2つの目的を果たした祐子は席を立ち、レジへと向かった。

ところが、ここでもまた、自分が美女になったことを自覚させられる出来事が起こるのだった。

「今日もお会計はイイわよ。木村さんが出してくれるって。

本当、ゆうこりんは自分の財布でここのお代払ったことないんじゃないの!?

でも助かるわ。ゆうこりん目当てで通って下さってるお客さんも少なくないからね。

またいつでも来て。

あっ嘘。

なるべく早くまた来てね」

この対応に祐子の足は思わずステップを踏んだ。

美人は美人であるだけで周りがお金を払おうとしてくる。もちろん男はそうやって払うことによって見返りを交渉する権利を買っているわけだが。

そこで多くの美人は出してくれるお金の量に対して見返りが少ない気前の良い男を探している。

この求められるリスクと貰えるリターンの駆け引きを楽しめるのは美人ならではのことなのだと祐子は思った。

4．鏡の中の自分

祐子は木村貴文に軽く会釈をし、店を出た。

美人になったら体験してみたいことリストの1つ目がアッサリと叶ったことに感動を覚えつつ自宅までの帰路につくのだった。

もちろんその帰り道、周りの男性からの熱い視線を浴びながら。

そして、自分自身が生まれ変わったような感覚を覚えながら。

5. 美人になっても失恋

祐子が鏡の世界にパラレルトリップしてきて一夜が明けた。

完璧な美貌を手に入れて幸せいっぱいの気持ちで眠れるはずだった。

しかし、一睡もできなかった。

美人になって初日の夜を迎えた祐子は一晩中〝あること〟を考えさせられるハメになったからだ。

鏡の向こうの世界ではネイリストの仕事を1週間前に退職した祐子。

どうやらこちら側の世界でも似て非なる理由でちょうど1週間前にネイリストの仕事を退職していたことを祐子は知ったのである。

年収500万円の婚約者の友哉と婚約が破談になって、職場に行きづらい状況になって辞めたのが鏡の向こうの世界。

それがこちらの世界では、年商5億円の会社経営者の婚約者の章浩と婚約が破談になって、職場に行きづらい状況になって辞めたことになっている。

そのことを祐子が知ったのは昨日の夜の美羽からのメッセージがきっかけであった。

石井美羽33歳。

そう、祐子のネイルサロンでの同僚。かれこれ5年以上の付き合いである。


《ゆうこりん大丈夫？

しばらく連絡するの控えてたけどやっぱり心配だから連絡しました。

ちゃんとご飯食べてる⁉　章浩さん酷いよね。

あんなに3年間ずっとゆうこりんにゾッコンな態度をとっておいて……

〝君と結婚しても上手くやっていく自信がない〟

って言ったんだって⁉

章浩さんの友達の大樹君に聞いちゃったよ。

ほら、あの時章浩さんを合コンに連れてきてくれた不動産の売買してる長身のイケメンね。

あり得ないよね。そりゃ年商5億の会社経営してたら、結局、女をとっかえひっかえで相手を決めきれないのか知らないけど、手の平返しも良いところよね。

ていうかゆうこりん水臭いよぉー。そんな時こそ頼って欲しかったのに。

とにかくオーナーも退職届は預かっておくカタチにしとくって言ってるから気持ちが落ち着いたら戻っておいでね。

また元気になったらご飯行こうね。》

このメッセージを見て祐子はゾッとしていた。

婚約者のスケールは違えど、鏡の中の世界でも全く同じようなことが起きていたなんてとてもじゃないけれど信じられなかった。

こちらの世界でもどうやら美羽が開いた合コンをきっかけにその章浩という経営者の男と出会って結婚を前提に付き合っていたようだった。

章浩という男は一体、どんな人物なのだろうか？

どういう理由でこちらの世界のこの最強の美貌を纏った祐子から心が離れてしまったのだろうか？

そんな疑問が、祐子の頭の中をグルグルグルグルと支配した。

不思議と会ったこともないその章浩という経営者の男に別れを告げられた悲しみが自分の感情のように溢れ出てきた。


〝なんで!?　こんなに私は美人なのに!?

あり得ない〟

何度も鏡を見ては、自分の姿を確認し、やはり美しいその姿に、

〝何かの間違いではないか⁉〟

と祐子は何度も何度も疑った。

こちらの世界にやってきて間もない頃の鏡の中の自分に陶酔するような感覚がすっかりなくなっていることに祐子は気づいた。

しかし、その理由までは祐子は気づかなかった。

つまり、それがネガティブなものであるにせよ、ポジティブなものであるにせよ、様々な前提が「視覚」という情報を歪曲しているということに。

そして祐子は、「あの陶酔した感覚を取り戻すには〝婚約者に捨てられた女〟という前提をもう一度覆すしか方法がない」と、そんな思い込みにハマっていくのである。


とは言え、これは祐子に限ったことではない。これが多くの人間が別れた後に体験する、未練や執着の正体なのだ。

その相手を取り戻そうとするのでなく、〝捨てられた女〟という前提を覆すことで無意識に自分自身を取り戻そうとする。

こうして祐子もその無意識の構造にすっかりハマってしまい相手がどんな人物かもわからないのに「章浩を取り戻す方法」を頭の中で考え始めたわけだ。

〝まずは会ってみないと何も始まらない〟

そう思った祐子はメッセージを開き、章浩とのやり取りの履歴を探した。

ところが、こちらの世界での祐子はあまりのショックのせいなのか章浩の連絡先を削除したようだった。

祐子のスマホの中に「章浩」という男の連絡先が見当たらなかった。

祐子はSNSを手掛かりに、章浩という人物がどんな男だったのか情報を掴み、そこから想像を膨らます作業に一晩を費やしたのであった。

SNSのフォロワーリストの中から

〝akihiro〟

と検索して出てきたIDは1つだった。

「akihiro sakai」

間違いなさそうである。こちらの世界での婚約者のアカウントを見つけた祐子はそのページを開いた。

先ずはプロフィール写真を見て祐子は驚いた。
綺麗に整った太い眉。
目がパッチリ二重。
瞳の色素はとても薄く不思議な色をしている。
鼻が高く、
唇が分厚く、
そして肌は色白く。
髪型はその甘い顔にピッタリなミディアムの長さにふんわりパーマがかかっている。
とてもではないが日本人には見えなかった。

プロフィール欄には、

〝【SNSマーケティングコンサルタント】

人のメニミエナイ魅力をミエル化するプロフェッショナルです〟

と自分の仕事を匂わす抽象的な一文が載せてあるだけだった。

そんな章浩のSNSには祐子とのプライベートの情報は一切載っていなかった。

元々プライベートのことは載せていなかったのか？

1週間前に祐子に本心を打ち明けたのをきっかけに祐子とのパートナーシップ関連の投稿を全て消したのか？

そこには章浩と祐子が過ごした時間の手掛かりになるものは見つからなかった。

ただ章浩のSNSでは、どうすればメニミエナイ魅力やリソースをビジネスやコンテンツにするのか、そのための情報がこれでもかと発信されていた。

SNSマーケティングのプロである章浩のアカウントから残念ながら本人のメニミエナイ魅力は一切見当たらなかった。


一晩中血眼になってSNSでのリサーチを続けた祐子が、唯一見つけることができた手掛かりは〝これはひょっとすると章浩の恋愛観を表しているのでは!?〟と思えるビジネス系の投稿であった。

「ビジネス市場で〝モテる人〟の3つの特徴」というお題で投稿されている紙芝居形式のフィード投稿。

「章浩の気紛れなのか?」と思えるくらい、この投稿だけ、ビジネスと恋愛を絡めた、他とは全く毛色の違った内容で構成されていたのである。

少なからず〝モテる人〟と定義している中に章浩にとっての人の好き嫌いの前提が埋め込まれているはずだ。そう思った祐子は前のめりにその内容をチェックした。

投稿の内容は次の通りである。


「ビジネス市場で〝モテる人〟の3つの特徴

1．自分が相手に与えるメリットが明確に設計できている。

金銭的なメリット
機能的なメリット
感情的なメリット
どんなメリットでも良いので
〝自分といるとこんなメリットがある〟
というカタチでわかりやすく関わる価値が
明確化されている人はそれを求める人が寄ってきやすい。

2．自分にないモノを人と比べてウジウジ悩まない。

人は完璧ではない。
自分にないものをネチネチないないと
嘆く人は気づかぬうちに
周りに感情的なデメリットを与えてしまう。

ないものはないと潔く受け入れるのも

人に愛される1つの要素である。

3. 感謝の感度が敏感である。

自分に足りない部分を教えてくれる人、
補ってくれる人に対して感謝を感じられるかどうか。
頭で感謝する人と心で感謝する人はまるで違う。
心で繋がれる人との出会いを人間は本能で求めている。」

この投稿を通して圧倒的な、ど正論を突きつけられた祐子は、なんとなくこの世界で起きた出来事の片鱗ぐらいはようやく想像がつくようになっていた。

こちらの世界の中橋祐子も、この坂井章浩という男と結婚をするために色んなことを我慢したり、無理をしてきたのだろう。

祐子がそう感じたのは、この3つの特徴に「元々の中橋祐子」は何1つ当てはまる要素がなかったからである。

とはいえこの投稿が章浩の本心とも限らないし、章浩にとってビジネスで相手に求める要素と恋愛で求める要素が同じとは限らないことを祐子も理解はしていたわけではあるが。

祐子は自分の中にある重たい気持ちを上手く消化できないまま、これからの時間をどう過ごすべきなのか頭を悩ませていた。

具体的に言えば、2つの考えが葛藤していたのである。

1つは、せっかく美しい姿を手に入れたのだから実際に時間を共に過ごしたわけでもない章浩に執着すべきではないという考え。

もう1つは、章浩との関係が上手くいかなかった原因から次のハイスペ男性相手の婚活に対する対策をしっかり練らないと、いくら美しい姿を手に入れたとはいえ何度も同じ失敗をしてしまうのではないか⁉　という考え。

そのどちらの考えを採用するにしても、昨日のシーシャバーのように純粋に男にチヤホヤされに行こうと思える心の余裕がないことは明確だった。

もう少しこの世界で起きた出来事からこの世界での自分という人間の本質を知りたいと思い、祐子は仕方なくではあるが美羽を頼ることにした。

美羽からの情報はもちろん美羽の価値観に基づいたバイアスが多分にかかっているのだが、祐子は長年の付き合いの中で美羽のバイアスがどんなモノなのか？　それを見抜くチカラを身につけていた。

そういった意味では美羽からの情報というのは祐子にとっては一番アテになる情報にな

りうるわけである。

《美羽ちん。
連絡ありがとう。
正直今も全然立ち直れなくて。
昨日気分転換に髪を短くして貰ったんだけど、
ダメだね。そんな単純なものじゃないね。
人の心って。
もし今日美羽ちんが仕事終わりで
夜空いてたらご飯でもいかない？
私サロンの近くの炉端焼き予約しとくから。》
祐子はそう美羽にメッセージを送信した。すると既読がついて1分も経たないうちに美羽から返信が来た。

《ゆうこりんから頼られるなんて嬉しい。
親友からの頼まれごと、
張り切ってやらせて貰いますよん。
今日は遅がけの予約がガラガラだから

20時には炉端焼きの店の前行けるようにするね。》

会うのが嬉しいような、嬉しくないような複雑な気持ちではあったが建前上での正解に当たる返信を送ることにした。

《美羽ちん神ぃーーー。

本当に助かるよ。

じゃあ20時にサロンの近くの炉端焼きのお店でね♡》

鏡の向こうの世界でも、こちら側の世界でも、祐子が婚約破棄されたことに内心喜んでいるのではないだろうか⁉　という疑いは消えないままに祐子は軽く昼寝をし、美羽との会食に向かうのだった。

予約の5分前にお店に着いた祐子は先に店の中で美羽を待つことにした。

鏡の向こうの世界でも祐子と美羽は頻繁にこの炉端焼き「樽美」という店に飲みに来ていた。

元々愛想の良いお店ではあるものの、祐子は過去の自分よりも気持ち1・5倍歓迎されているような空気を感じた。容姿の力がそうさせたに違いない。

特にいつもはあまり笑顔を見せない高身長のイケメンアルバイトの宮川が祐子の方を見ては飼い主に餌を貰う犬のような顔をしている。

この表情を男達が美女に向けている様子を何度も側から見たことはあったが、いざ自分に向けられるとなると〝何も出てこないからコッチ見るの止めな〟と、祐子はそう言いたくなるのであった。

今からここにやってくる美羽はどうなんだろう？　鏡の向こうの世界でブスだった頃の自分に対する態度と接し方や言葉づかいが変わるのだろうか？

祐子はそんなことが気になった。

「ゆうこりーん、お待たせぇ。
久しぶりだね。
久しぶりって言ってもまだ10日も経ってないのか？
元気してた⁉
急に仕事も来なくなったから心配したよぉー」
そう言いながら美羽がお店の中に入ってきた。

「美羽ちん、心配かけてごめーん。
それに今日は急なのに時間作ってくれてありがとうね。
美羽ちんに色々と聞いて欲しくなって」

そう言う祐子の顔を美羽はなぜか不思議そうにじーっと見つめている。

そんな様子の美羽の態度が少し気になったが祐子はまず席に置いてあるタッチパネル式の端末で注文を進めた。

過去の世界で美羽と祐子が注文するのは決まって、ハイボールに、糖質制限のダイエットを前提にしたタンパク質中心のメニューだった。炉端焼きというのは糖質制限ダイエットをしている女性には罪悪感が少ないメニューの宝庫なのである。

そこで美羽に注文を促すと、ハイボールに糖質制限にぴったりなメニューをいくつか提案されるのだった。どうやら、こちらの世界でも味覚は変わらないらしい。

注文して3分も経たないうちに突き出しの枝豆とハイボールが席に運ばれてきた。

「じゃあ、とりあえず乾杯しよ。職場辞めて初の再会にかんぱーい」

何に乾杯して良いのかわからない今日という日に気を遣わせないよう、祐子は乾杯の音頭を慎ましくとった。

「本当、珍しいよね。

プライドがめっちゃ高いゆうこりんが私なんかに相談するなんて。

よっぽどショックだったんだね。

章浩さんとの婚約破棄のこと。いつもだったら少しでも私が意見なんてしようものなら、ゆうこりん凄い剣幕で怒ってきてたじゃん。〝美人の気持ちは美人にしかわからないんだから、ブスは意見するんじゃないわよ〟みたいなことが口には出さないけどビシビシと伝わってきてたわよ」

その美羽の表情と発言に向こうの世界とこちら側の世界では若干、いや大きく人間関係の前提に違いがあることを祐子は思い知った。

そうなると美羽が婚約破棄を体験している祐子に対して感じていることも向こう側の世界とこちら側の世界ではまるで違うのかも知れないと祐子は思った。

「そうかなあ。ゴメンね。そんなつもりじゃなかったんだけど。そう感じさせてしまってたなら謝るね」

散々美人にそういった態度を取られて嫌な気持ちをしてきた祐子は素直に謝った。

その様子を見て再び美羽は不思議そうな顔で祐子の顔を見つめた。

そんなタイミングで椎茸、エリンギ、ナス、下仁田ネギが香ばしい匂いをさせながら運ばれてきた。

「わぁ、きたきた。

何から食べようかな⁉

やっぱり下仁田ネギよね。

じゃあ、いただきまーす。

んんんん、うまぁーーーい」

鏡の向こうとこちらの世界で換算しても10日以上ぶりのいつもの味に祐子は舌鼓を打った。美味しいモノに目のない祐子はほんの一瞬、自分が今日何をしにきたのか目的を忘れかけていた。

「ちょっとゆうこりん、話聞いてる⁉　こんな状況でもゆうこりんは相変わらず食い気第一なんだね。ウケるんだけど。

そういう天然な所可愛いよね。ゆうこりん。

合コンでも食べもの運ばれてきた時の無邪気なリアクションに男はギャップを感じてコロッて惚れちゃってるもんね。

そりゃモテるわけだよ。

隙がない美人より、隙がある美人に男は惹かれちゃうもんね。

でもさすがのゆうこりんも今回ばっかりは深く反省したようだね。

昔だったらこんな状況でも傲慢で強気な態度を崩さなかったのにね。

〝あの男は私の価値をわかってない！〟

そう言ってはやけ酒飲んで、次の日にはケロッとマッチングアプリ開いてたもんね。

いくら綺麗でもゆうこりん、もう33歳だもんね。

弱気になっても無理ないよ」

その言葉からはこちら側の世界で美羽が祐子に対して溜め込んできたフラストレーションと嫉妬の感情が溢れ出ていた。

話しているうちに今日の会食はとてもじゃないが、傷心している自分を労う会にはならないことを祐子は予感していた。

〝そっちがその気なら早いうちにこっちも目的を果たさないと〟

祐子はそう思い自分が知りたかった事実を引き出すための質問を主体的に美羽にぶつけることに意識を切り替えた。

ひょっとしたらこちら側の世界でなら美羽と心が繋がり合えるかもという淡い期待は頭の片隅から捨て去ることにした。

「まぁまぁ、そうね。美羽ちんの言う通り、さすがの私も今回ばっかりは膝にきたって感じよ。

だから今日は美羽ちんに第三者の視点でね、章浩さんと私のこと、振り返ってみて、〝そりゃ、ゆうこりん嫌われても仕方ないでしょ〟って思ったことを教えて欲しいのよ。

自分じゃそれが当たり前って思っていることでも、周りからしたら、〝それはあり得ないでしょ〟って思う話ってあるでしょ⁉　今だからこそちゃんと自分の痛い部分知っておきたいのよ」

そう素直にお願いをする祐子の顔を見て美羽はさらに目を丸く見開いて驚いている様子だった。

「ゆうこりん⁉　本当にゆうこりんなの⁉　どこかで頭でも打った？　それとも心を整形しちゃった？　まるで別人みたい。

その美貌に、その謙虚さが備わったなら、章浩さんも考え直してくれるんじゃない⁉　私から見てどうのこうのよりも、実はどうせなら章浩さんと仲の良い大樹君に聞いた〝章浩さんの本音〟をゆうこりんに話すべきかどうか悩みながら今日は来たのよ。

ぶっちゃけゆうこりんに逆ギレされるかもって想像してきたけど、ゆうこりんがそんなにも相手の本心を受け入れるつもりがあるなんて想像もしてなかった」

そう本心を漏らす美羽に食い入るように祐子は言葉を返す。

「章浩さんの本音⁉　美羽ちん、それよ‼　それ‼

それが教えて欲しいの。早く教えて。もちろん今日は私が良くなかったことをちゃんと受け入れるつもりで来たんだから。信じて美羽ちん」

こちらの世界での美羽と自分の人間関係がどうだったのか!?

細かいことはわからなかった。しかし大体は想像がついた。

向こう側の世界で美羽が祐子にしていたマウンティングを、こちら側の世界では祐子が美羽にしていたのだろう。

女同士の関係性に美の優劣に基づく上下関係が生まれるのは珍しいことではない。

だからこそこちら側の世界ではこの状況で長い期間ストレスを与えてきた美羽に対して慎重に言葉を選ぶ必要があったのだ。

「わかったわ、ゆうこりん。

今日のゆうこりんの感じなら、私……本気で幸せになって欲しいって応援したくなっちゃうわ。

本当はゆうこりんには言うなって言われたけど大樹君に聞いたままをちゃんと伝えるね」

〝今までは幸せになって欲しいなんて思ってませんでした〟

その本心を気持ちが良いほどに潔くカミングアウトした美羽の表情からは祐子に対して

心がオープンになっている雰囲気が感じられた。

〝自分の間違いを素直に受け入れる気持ちさえあれば周りの人は信頼してくれる。こんなシンプルなことをこちら側の世界の美人の中橋祐子さんはわからなかったんだな〟。祐子はそう思った。

ただしこれが本当にずっと美人を生き続けてきた自分だったなら、確かに難しかっただろうなとも祐子は感じていた。

今は違うパラレルワールドからやってきて、どこか他人のような別人としての美人を祐子は体験しているから客観視できているだけであって、人は自分が自分で在ることを正当化するためであれば平気で他人の視点や意見を排除してしまう側面がある。

〝ブスだった頃の自分はどうだっただろうか⁉〟

〝自分が自分で在ることを正当化するために誰かの意見を排除してきてこなかっただろうか⁉〟

祐子は一瞬そんなことに考えを巡らせようとしたが、

〝今はそんなことを考えている余裕はない‼〟

と、その考えをすぐさま打ち消すのであった。

「ゆうこりん、心して聞いてね。

大樹君に章浩さんが漏らしていた本音はこうよ。

章浩さんから見てゆうこりんは、

〝自分が美人で在ることで相手に与えているメリットのスケールを大きく見積もり過ぎている〟

そう感じていたみたい。

だからどうしても周りの人間にはその態度が傲慢に映ってしまうし、ゆうこりんが章浩さんや他の人に対して要求することがどんどんエスカレートしてしまうのを気にしていたみたい。

『特にそれが婚約してからは酷かった』

って章浩さんは言ってたらしいわ。

〝私はあなたのために綺麗になる努力をしてあげているんだから〟

そう主張されているのが正直しんどかったって。

当たり前のように結婚式の前だからって美容クリニックで受けるエステの代金をゆうこりんが請求してきた時は章浩さん本当にビックリしたみたいよ。

それがゆうこりんと別れようと思った決め手になったみたいね。

相当そのことで大喧嘩したの、ゆうこりんも覚えてるでしょ⁉

もちろんゆうこりんが美人であることは章浩さんにとってわかりやすいメリットだった。だけど……章浩さんがゆうこりんと一緒にいる理由はそれだけじゃなかった。ゆうこりんの内側の魅力も一緒にいる大きな理由だった。そして、それをずっと伝えてきたけど、ゆうこりんは一切そのことを認めてくれなかった。

そう章浩さんは言ってたそうよ。

てか私もこの話聞いて章浩さんに少し共感しちゃったのよ。

ゆうこりんって全ての価値基準が美しいか美しくないかみたいな所あるもんね。

もちろんそんだけ可愛くて、可愛いことで色んなメリット感じながら生きてきたらそういう価値観になっちゃうのもわかるけど、ちょっと視野狭いんじゃね⁉

って思っちゃう時は、女友達としても少なくなかったからなぁ……」

美羽からこの真実を聞かされた祐子の解釈はこうである。

「結局は章浩という男も、鏡の向こうの世界で婚約者だった友哉と何も変わらない。

〝人の魅力や価値は見た目じゃなくて中身〟あの吐き気がしそうな綺麗事を章浩という男も世間に対してきっと主張したいのであろう」

〝人の魅力や価値は見た目じゃなくて中身〟

この主張をブスとの結婚で主張しようとした年収500万円のサラリーマンの友哉。

〝人の魅力や価値は見た目じゃなくて中身〟

この主張を美人と結婚しても見た目で選んだわけではないと主張しようとした年商5億円の経営者の章浩。

経済的な前提が主張の方法に違いを生むだけで反吐が出そうな綺麗事を主張していることには変わりはないなと祐子は、結論づけた。

「美羽ちん言いにくいことを話してくれて本当にありがとうね。

それと今まで沢山美羽ちんからするとあり得ないと思うようなことをしてきたのも謝るね。

確かに私、視野狭かったよね。

美意識も強過ぎると良くないよね。

本当に今までゴメン。

美羽ちん、そんなこと、私に聞くなよって言われちゃうかも知れないけど、美羽ちんの思う私の外見以外の良い所ってなんだと思う⁉

章浩さんに何を言われてもピンと来なくてさ。

どうせ見た目で選んだんでしょう⁉

って男の人に対しては思っちゃうじゃん。

女の友達の美羽ちんなら何か私の見た目以外の良い所言葉にしてくれるんじゃないかなって」

その突然の祐子の質問に美羽の顔は急に引き攣り始めた。

その表情からは、

〝お前の見た目以外に良い所見つけるの難しいわ〟

そう言いたいことが祐子にも十分伝わってきた。

しかし、その非言語の情報と数秒の沈黙を掻き消すように美羽は咄嗟にフォローをした。

「えっ、いきなりだね。
ゆうこりんの良い所はあれだよ。
うんと。ハッキリ言いたいことをズバズバ言うところだよ。
そうそう。正直な所！
嘘がないっていうか……、
馬鹿正直っていうか……、
そこまで言う⁉　みたいな所あるもんね。
美人で陰気なやつもいるけどゆうこりんは清々しいもんね」
明らかに美羽の言うそれらは、長所ではなかった。

開き直ったかのような美羽の言い分に、祐子は一瞬苛立った。

こちら側の世界の中橋祐子は、向こう側の世界に存在する言いたいことを抑え込む癖のあった中橋祐子とは正反対の性格をしているようだ。容姿が違うだけで、こんなにも性格は大きく変わるのかと少しだけ祐子は感心するのだった。

ところで、祐子にはこの段階で、1つ気がかりなことがあった。

それは、見た目も中見も違う2人の中橋祐子が収入やスペックは違えど同じような価値観の男に同じような振られ方をしているということだった。


鏡の中の美しさのせいで傲慢な自分を生きている中橋祐子という人物と、元の世界の醜さのせいで無価値な自分を生きている中橋祐子という人物。

この2人は、どちらも似たような失敗をしている。

その理由は一体なぜ？　そんなことが祐子にとっては、解けない謎として、そして頭の中の一番の議題として君臨するのだった。


〝もし綺麗事ではなく章浩が鏡の中の中橋祐子に、容姿以外の魅力を実際に感じていたのならそれが何だったのか知りたい〟

祐子は率直にそう思った。こうして祐子は、ますます章浩という人物がどんな人間なのか、気になって仕方なくなるのであった。

年商5億円の経営者に婚約破棄をされた。

そんな波乱の幕開けとなった鏡の中の生活も、すでに1ヶ月が経過しようとしていた。

祐子は未だ章浩に会っていない。

というより、会う決断ができずにいた。

章浩に会う手段はいくつかに限られている。

美羽に頼んで知人の大樹経由で連絡を取って貰う方法。

もう1つはSNSのDMで「もう一度会って話がしたい」と伝える方法。

どちらにせよそれは祐子が改めるべき部分を認めたという前提でしか成立しない方法である。それに、そんなプライドを捻じ曲げてまで頼んだとて、もう一度会える保証がどこにもないわけだ。

会ったこともない相手に、

実際に自分がしでかしてもないことを、

謝ることが祐子の中ではどうしても受け入れられなかった。

もちろん、章浩が大樹にしていた「祐子の見た目以外の本当の魅力」とは一体なんなのか、それが気になって、気になってしょうがないことは変わりないわけだが……。

そんなモヤモヤがせっかくの「美しい姿」と、そして「その姿でモテる日々」に没頭させてはくれなかったのである。

祐子にとって、全ての行動の動機は「章浩」に起因していた。

鏡の中の世界に祐子がやってきて初日に知り合った木村貴文。

彼は、あれから毎日のように祐子目当てにchill chillミチルに通っては、店長のミチルに祐子が来ていないかを確認していたのだった。

〝ゆうこりん、今日お店来れない⁉

また木村さんがゆうこりん目当てに来てくれてるのよ〟

そうメッセージがミチルから来ても祐子は「chill chillミチル」へ行くことはなかった。

「貴文がどれぐらい自分の美貌に対する価値をつけているのか⁉」

そんなことを試すかのように祐子は何日も連続でミチルに、

〝ゴメン、ミチルさん。仕事辞めちゃって転職活動で忙しいの。上手くはぐらかしておいて〟と返信していた。その動機の裏にも、もちろん章浩がいた。

こちらの世界での婚約者だった坂井章浩に、

〝自分が美人で在ることで相手に与えているメリットのスケールを大きく見積もり過ぎている〟

と言われたらしい事実が祐子にとってどうしても納得がいかなかった。

そこで祐子は、貴文にこうして試すような態度をとってしまうのであった。

そんな祐子がchill chillミチルで貴文に再会したのは初めて会った日から約1ヶ月後のことだった。

ようやく再会できた感動は1ヶ月お預けをくらっていた貴文にとっては大きなものだった。

ミチルのはからいでその日はバルコニーの一番奥の雰囲気のあるカップルシートで2人は特別なchill Timeを過ごすことになった。

あまり気乗りしない祐子もミチルの顔を立てようと、その日はホステス役を引き受けることにした。

「祐子ちゃん、もう会えないかと思ったよ。

初対面でカッコつけて連絡先聞かなかったことを猛烈に後悔したよ。

このお店に来る時間以外もこの辺りをウロウロしてはいつも君の姿を探していたんだ。

完全に一目惚れだね」

まるで人生をかけてずっと探し続けた宝物をようやく見つけたかのような貴文の様子に祐子の女としての承認欲求は少しばかり満たされた感じがした。


「一目惚れ⁉ 男の人って本当、その言葉が好きね。

今週だけでも3人から同じこと言われたわ。

だから私にとって一目惚れされるっていうのは特別じゃないの。

証明できる⁉

オレの一目惚れは他の男の一目惚れより特別なんだって」

まるで心を揺さぶられる様子のない祐子の挑発的な態度には根拠があった。

1週間以内に3人から、

〝一目惚れした〟

と告白されたというのはハッタリでも何でもなくこちら側の世界で圧倒的な美貌を手に入れた祐子が実際に体験したことだったのだ。

1人目は、5日前に上野駅の券売機で定期をチャージしている時に。

2人目は、3日前に上野駅の不忍口を出た所にあるchill chillミチルとは違うシーシャバーchill mixで1人でシーシャをふかしている時に。

3人目は、昨晩有楽町から上野駅まで山手線で帰ってくるまでの間10分程度向かいに座っただけの男性に。

こうして1日おきに告白をされた。

「一目惚れ」という現象がなぜ起きるのか？

それは視覚的なインパクトが通常の自我認識や思考のパターンを狂わせることによって起きる。祐子はそう認識していた。

この圧倒的な美貌は普通に日常を過ごしているだけで多くの自我認識や思考のパターンを狂わせる破壊力を持っているのだ。

木村貴文もこの圧倒的な美貌に完全に理性を狂わされた男の1人であった。

普通よりは可愛い。

普通よりは綺麗。

そんなレベルの容姿では与えることのできないTOP1％の美貌を纏った女性しか持たない「特別なチカラ」の凄さに祐子は驚くばかりであった。

ただ「それなのになぜ婚約者の坂井章浩には見放されてしまったのだろう」というモヤモヤがいつもそこには付き纏うのであった。

そんなモヤモヤを感じとることのできない貴文は構わず祐子へのアプローチを続ける。

「もちろんさ。オレの存在の全てをかけて祐子ちゃんへの想いが特別だってことを証明するから。

君のことがもっと知りたいし、君に触れていたい」

そう言うと貴文は祐子の小さく細い手を大きな手で包み込んだ。


「じゃあ、結婚してくれる⁉　それも明日。

私交際0日婚っていうのに憧れてるの」

どういうつもりでこんなセリフを祐子は言ったのかわからない。

もしその答えがオッケーだったらという淡い期待があったのか⁉

ただただ木村貴文という男の本性を見抜いていたのか⁉

木村貴文の顔は青ざめていた。


「け、け、け、結婚⁉　しかも明日⁉

そりゃ、また突然だね」

あまりの表情の変化に祐子は貴文の特別というものがそんなものなのかというのを嘲笑するような表情をした。

6．整形地獄

「木村さんの一目惚れってそんなぐらいのものなの⁉」

そう挑発的に言う祐子の前に貴文は沈黙を決め込んでいる。

結婚の話をする前はとても優しくしてくれていた男性が結婚の話を話題にあげただけで急に態度を豹変させる。それは元の世界で高望み婚活を3年間経験してきた祐子は嫌というほどに味わってきた出来事であった。

結婚をして幸せになる男性は皆無に等しい。

そんな価値観を主張している社会学の本がベストセラーになるこの令和の時代に、上手く男に「結婚」という前提を自然に意識づけしていくことはとても難しい作業であるのだ。

ただ木村貴文が沈黙をした理由はどうやら他にあったようだ。

「ゴメン祐子ちゃん、まさか祐子ちゃんがそんなに結婚願望の強い子だと想像してなかったからもう少し関係が深くなってから言えばいいと思ってたんだけどさ……、

オレには奥さんも子供もいるんだ。

でもわかって欲しい。

決して軽い気持ちで言ってるわけじゃないから。

今のオレの立場で不倫するなんてとんでもないリスクなんだから。

オレ結婚してることも仕事上公表してないしさ」

結婚しているのに公表していない。

そのおかしな前提が祐子をさらに感情的にさせた。

「はぁ⁉　妻がいるのに世間に伏せている意味って何なんですか？　女性ファンが多い仕事だから⁉　だとしたら木村さんの奥さんって本当に可哀想よね。いくらお金持ちと結婚できても自分の存在隠して色気振り撒いて集まった女から巻き上げた金で生活するなんて惨めで仕方ないわ。私は真っ平ゴメンだわ。いくら甘い言葉囁かれても、贅沢させて貰っても、自分の存在を世間に隠されるなんて絶対に嫌‼」

怒りをむき出しにした祐子に「これ以上何も言わない方が良い」。流石の貴文もそのことは理解した様子だった。

かなり大きな声をあげてしまったことに気づいた祐子は慌ててミチルの方を向いた。

話の全てを聞いたわけではないが、何かを察してくれていたのであろうミチルは申し訳なさそうな顔で両手を合わせてこっちに頭を下げている。

祐子はミチルの気配り力と理解力に心底ホッとした。

「私、これ以上木村さんとお話しすることないんで先に帰りますね」

祐子は席を立ちミチルの方へ駆け寄った。

「ミチルさんゴメンねー。せっかくの太客さんなのに上手くやれなくて」

そう謝る祐子の頭をミチルはヨシヨシと撫でる。

「そんなんいいのよ。こっちこそゆうこりんに無理させちゃって悪かったわ。話ちょっと聞こえたわよ。

アイツ奥さんいるんだって⁉ 私もまんまと騙されてたわよ。出禁ね。出禁。

ゆうこりんがかまかけて真顔で結婚しようと言ったからボロを出したけど、その辺りの子だったら遊ばれて傷ついて終わりだったわよ。

でもゆうこりん、アイツが独身で〝結婚しよう〟ってなってたらどうしてたの⁉

章浩さんとのことでちょっと投げやりになってない⁉」

そう心配そうな顔で見つめるミチルに祐子はしっかりとした声で答えた。

「あの人のボロは彼が独身だったとしても見つけることはできたと思います。

昔から私、わかるんですよ、女の足元見てくるああいう男は」

祐子の人生には貴文のような女の足元を見て駆け引きをしてくる男がごまんと登場した

わけである。

〝ブスだから適当に好きって言っとけば簡単にヤラせてくれる〟

そんな扱いを10代のウチに散々受けてきたことで本能的にそういう男に対して防衛本能が働くのであった。

「その女性とSEXをするためにどれぐらいの経済的ベネフィット、ステータス的ベネフィット、感情的ベネフィットを与える必要があるのか?」

常にそうやってそろばんを弾いてる輩は少なくないのである。

顔がイマイチだが、スタイルは申し分のなかった祐子はそういう男の標的にされやすかったのだ。

「そうよね。散々モテてきたゆうこりんならそれぐらいのことはすぐ見破れるよね。そんなゆうこりんが結婚前提に3年も付き合った章浩さんはやっぱり純粋で良い男だったのよね。きっと。

あっゴメンなさい。章浩さんの話はもうゆうこりんにはしないつもりでいたから言うか言わないか悩んだんだけどアタシ先週見かけたのよ。章浩さんのこと」

気まずそうにミチルは腫れ物に触るように章浩の目撃情報を祐子に話し始めた。

「えっ⁉　どういうことですか？　ミチルさん。

章浩さんと話したんですか？」

混乱気味に質問をする祐子にミチルの顔はさらに気まずそうになっていく。

「ダメだわ。やっぱりゆうこりんに隠しごとなんてできないわ。

章浩さん多分新しい彼女ができたんだと思う。

上野公園で、凄い楽しそうにその子と手を繋いで歩いてたわよ。

だから声はかけなかったわよ」

祐子はその話を聞かされ、自分の記憶にない男に対する未練があることを改めて痛烈に実感したのであった。

別れ際にどんな喧嘩をしたのかもわからない。恐らく鏡の向こうの赤羽ゴキブリ事件とそんなに本質的には変わらない喧嘩をしたのだろう。

〝なんで祐子はそんなに見た目にこだわるの？
これって住む所だけの話じゃないよね？
旅行先でレンタカー借りる時も、
仕事で使うパソコンを選ぶ時も、
祐子って何かにつけて見た目で選ぼうとするよね⁉〟
鏡の向こうの世界で友哉に言われたようなセリフを祐子は思い出していた。

そして友哉の顔を思い浮かべて、

友哉の口癖だった〝人は外見より中身が大事〟が、本気で思っていたことだとしたら、本当にブスだった外見ではなく内面を見てくれていたとしたら、

とそんなタラレバを妄想し始めた。

元の世界での友哉と、鏡の中の世界での章浩。この2人がどうしても祐子の中でダブってしまうのであった。

「ミチルさん、章浩さんが手を繋いでいた女性ってどんな女性だったかわかりますか⁉」

そう問い詰める祐子にミチルはさらに気まずそうな表情を見せた。

「それがね、言いにくいんだけどね、ゆうこりん。

章浩さんが手を繋いでた女性……

とてもじゃないけどゆうこりんと付き合った後に選ぶような容姿の女ではなかったわ。

こんなこと言うと不謹慎なんだけど章浩さん、ゆうこりんとのことがあって美人恐怖症にでもなっちゃったんじゃない⁉　って想像しちゃうぐらい見た目がイマイチの女だった。

ただ……」

そう言いかけて話を意味深に中断するミチル。まだこれ以上気まずい情報があるのどうか気になった祐子はせっつくようにミチルに問いただした。

するとさらにミチルはまた一段と気まずそうな表情を作った。

「イマイチなんだけど恐ろしく愛嬌のある女だったわ。

こんなこと言うと不謹慎なんだけど、ゆうこりんの後に付き合うなら正反対のああいうタイプと付き合ってみたいという男の心理も理解できなくはないわね。

章浩さんも見たことのないような幸せそうな顔をしていたし。

ブスってブスにしかない魅力あるもんね。

なんか絶対的な安心感とか全受容感とか。

あっ、ゴメンゆうこりん。聞きたくなかったわよね」

そのミチルの言葉にさらに祐子の胸はザワつき始めた。


〝ブスで在ることに絶望してこちらの世界にやってきたのに。

そして、ようやく私は綺麗な姿を手に入れたのに。

よりによってブスに婚約者を取られないといけないの？〟

祐子は気が狂いそうだった。


「ミチルさん、言いにくいことを教えてくれてありがとう。今はちょっとすぐには受け入れられないけどミチルさんと話して私は自分の本心が見えた気がする。

どうしていいか混乱してるけどまた気持ちが整理できたら来ますね」

そう言い残し祐子は店を出ようとした。

その瞬間ミチルが祐子の手を掴み、真っ直ぐに祐子の目を見た。

その手からは、「これだけは伝えておかないと」というミチルの思いやりが明らかに伝わってきた。

「ゆうこりん、1人で抱えこんだらダメだからね。

美人だから何でもハッキリ言う性格に見えて、アナタ、本当に言いたいことはカッコつけて言わないんだから。

アタシはちゃんと気づいてるんだよ。

そのカッコのつけ方がブスなんだけど意地らしくてホッとけないのよ。

だからちゃんとアタシには言いたいこと言いなさいよ」


その言葉に祐子は言葉を失った。なぜならその言葉は、友哉と喧嘩して別れそうになった時にミチルに言われたこととまさに同じだったからである。

「ゆうこりん、1人で抱えこんだらダメだからね。

ブスだから何でも我慢しようとする癖がアナタを余計にブスにするんだから。

アナタが本当に言いたいことを心開いて話してくれてる時は別人みたいに美人。

そのことにアタシはちゃんと気づいてるんだから。

でもその我慢の仕方がブスなんだけど意地らしくてホッとけないのよ。

だからちゃんとアタシには言いたいこと言いなさいよ」

元の世界のブスな自分でも、
鏡の中の美人の自分でも、
変わらず等身大の自分を見守ってくれているミチルの温かさに祐子は込み上げる気持ちが抑えきれなくなっていた。

「ミチルさん、変わらず優しくしてくれてありがとう。本当に大好き。ミチルさんが男だったら絶対ストーカーしてでも結婚してもらったのに」

そう話す祐子の目には涙が溢れていた。

「やだゆうこりん。また結婚、結婚言ってるじゃん。真に受けるよ、そんなこと言ったら」

そう言いながらミチルは2人の隙間がなくなるくらい思いっきり祐子をハグした。

とても優しくて安心できる温もりに祐子は少しばかり心と身体を委ねた。

こんな風に男の人にも自分を委ねることができたら良かったのに。祐子は純粋にそう思った。


店を出た祐子は章浩に会う決意をした。

章浩に会って向き合わないといけない何かがあるように感じたのである。

「美羽や大樹にセッティングをお願いする」という手段は自然と祐子の中で消去法的に削除されていた。

アポを取る段階で章浩にちゃんと素直な自分の気持ちを伝えよう。

そう思ったのだ。

鏡の中の世界の中橋祐子には美人だからカッコつけて素直になれなかったことがある。

その前提を踏まえて祐子は章浩に「もう一度会って話がしたい」と素直にSNSのDMで伝えた。


《章浩さん、とてもカッコ悪いですが別れて1ヶ月以上経って本当に別れたことを後悔しています。

人づてにあなたに素敵なパートナーが出来たという噂も耳にしております。

私とは全く違うタイプの魅力的な方だそうで、

「おめでとう」と言ってあげたいところですが、強がらずに自分の気持ちを伝えると……

正直受け入れることができません。

今さら会ってもあなたの気持ちはもう私に戻ることはないのかも知れない。

だけど私はあなたにどうしても最後に一度だけ会って確かめたいことがあります。

もう次の幸せを見つけて前に進もうとされているのは重々承知ですし、責める気持ちもありません。

でも最後に一度会って話をさせて下さい。》

しかし、そのDMに「既読マーク」がついてもなお、章浩からの返信は来なかった。

章浩からの返信をチェックすることから始まる日々は、祐子にとって辛い時間になった。

気を紛らすために祐子は、たびたびchill chillミチルを訪れた。

そのたびに、男性客にチヤホヤされたり、言い寄られたりもした。

ただ、もうそんな求愛は、祐子にとってポジティブな出来事ではなくなっていた。

どうでも良い男達からの求愛が心の養分になる期間は、想像以上に短い。そんなことに祐子は気づいてしまったのである。

「美人は多少辛いことがあっても優しくしてくれる男がいっぱいいるからすぐに立ち直れる」そう思っていた自分の考えの甘さを痛烈に悲観した。

「美人は3日で飽きる」という言葉があるが、

〝美人になれば幸せになれる〟

という幻想を打ち砕かれた祐子は、鏡に映る自分の姿に新鮮さを感じなくなっていた。

さらに時間が経過するにつれ、

〝婚約者に捨てられた女〟

〝好きな人には愛されない女〟

この前提が鏡を見る目を大きく歪曲させてしまっていた。自分の姿に陶酔する感覚を祐子は完全に失ってしまっていたのである。

それどころか日常的に受ける他人からの容姿に対する褒め言葉に対して嫌悪感すら覚えるようになってしまったのだった。

なぜなら鏡に映る自分のことを美人だと思えなくなっていたからである。

そのことに無意識にしか気づいていない祐子は次第に自分の容姿を他人と比べてしまうようになっていた。

コンビニに行っても、

電車に乗っても、

駅から家まで歩いている間も、

いたる所に存在している自分より美人を見つけてはとてつもないコンプレックスを感じた。

〝私には美人であることしか価値がないのに、負けている場合じゃない。

もっと私は綺麗にならないと。

もっと私は綺麗になる努力をしないと。

きっとこちらの世界の中橋祐子はもっと美人でいるための努力をしていたはず〃

この強迫観念が祐子を苦しめた。

取り憑かれたように色んな箇所にボトックスとヒアルロン酸を注入するために頻繁に美容クリニックに通った。

それだけではおさまらず、挙げ句の果てには、「ダーマペンで皮膚の表面に小さな穴をあけ、その穴にエクソソームという美容液を塗り込む」という美容クリニックの中でも高額なスキンケアプランに、ローンを組んで支払うハメになった。１ヶ月で総額46万円もの施術代金を浪費した。

ネイルサロンを辞めて仕事が決まっていない祐子にとって、その行為はまともな判断ではなかった。

自分の中に膨らんでいくコンプレックスが祐子の判断能力を奪ってしまっていたのである。

しかしどんなにお金を使って表面的な視覚情報に変化を与えても、祐子の心の中のドロドロとしたものがスッキリすることはなかった。

こんな地獄の日々は、約１ヶ月続いた。

鏡の向こう側に戻る選択も残りわずか6日に迫っていた。

ようやく章浩からの返信が届いたのは、ちょうどその頃である。

《祐子、久しぶりだね。

正直、気を持たせるようなことをしたくなかったし、返信するかどうか悩んだんだけど僕も君にどうしても会って話しておかないといけないことができて。

良かったら来週の火曜日の仕事終わってからの時間、どこかで会って話そう。

お店は君の家の近くの上野や御徒町の方で良いから。》

その返信に祐子は「ようやく章浩と会える」という期待と同時に、「章浩が言う、話とは一体何なのか？」という不安も抱えた。

来週の火曜日は祐子がこちらの世界にやってきて66日目に当たる運命の日でもあった。

7. 花より団子

章浩から、指定されたお店は、ビストロ「天下逸品」。

2人にとって「最後の晩餐」となる可能性の高いお店は、奇遇にも元の世界の合コンで友哉と出会った場所だった。

店内の雰囲気は高級店というよりはリラックスできる庶民的なお店。

ただ料理とお酒のコスパは上野駅周辺ではズバ抜けており、そんな部分を祐子は大変気に入っていた。

たった5000円で、ワインとスパークリングワインが3時間飲み放題。

それに加え、シーフードサラダ、鮮魚のカルパッチョ、生ハムの盛り合わせ、ステーキ、ラザニア、デザートという大満足のコースが祐子の一押しであった。

祐子はこのお店のように、「低価格で美味しい物を食べさせたい」という真心が感じられる飲食店が好きだった。

利益よりもお客様の幸せ。そういった想いが伝わるお店で時間を過ごすと誰かに愛情を持ってハグされたような感覚になる。祐子はそんな持論を婚約者の友哉や同僚の美羽によく話していたのであった。

その話は鏡の中の世界の章浩にもどうやら同じようにしていたようだった。

「気持ちが忙しいわよ。章浩さんとこれから大事な話をしないといけない状況なのに私ったら話半分になってしまいそう。

章浩さん、なんでこのお店を選んだの？

話すだけなら普通にカフェとかでも良かったのに」

そう問いかける祐子を見つめる章浩の表情はとても穏やかだった。

「今日話すのには祐子の大好きなこのお店がピッタリだなって思ったんだよ。

初めて祐子と会った合コンも確かこの店だったよね。

みんな、お金を持ち出すと気取った店ばっかり選ぶから祐子チョイスで来たこのお店のクオリティに僕も感動したんだ」

こちら側の世界でも章浩と出会ったのは、このビストロだったことに祐子は驚いた。

そしてさらに驚いたのは、章浩の声が友哉にソックリだったこと。

それどころか、章浩の中に微妙な顔を除けば、身長や体型、姿勢、話し方まで友哉と色々と似た部分を容易に見つけることができた。

〝初めて会った気がしないのは章浩の雰囲気が友哉に似ているせいなのか⁉ それともこちら側の世界での中橋祐子の記憶が潜在意識の中には詰まっているせいなのか⁉〟

祐子は不思議な居心地の良さを感じていた。


〝これがこれからコチラの世界で始まる恋愛ならどんなに楽しいだろう⁉〟

しかし、今日は2人にとっては始まりではなく、終わりの日。そんな現実にふと返り、祐子は切なくなるのだった。


最初に注文したドリンクが運ばれてきた。

2人が1杯目に注文したドリンクはスパークリングワイン。


「こういう時って何に乾杯って言うのが一般的なのかな?」

祐子が少し困った顔をしながら章浩に尋ねた。

「とりあえず〝久しぶり〟に乾杯で良いんじゃない⁉」

章浩は柔らかいトーンで返す。

「じゃあ、それで」

と言い、祐子は自分からグラスを合わせる。

2人はグラスを合わせると喉が渇いていたこともあって一気にドリンクを飲み干した。祐子も章浩もアルコールがカラダをかけ巡り、次第にカラダが火照り始めるのを体感していた。

「大丈夫⁉ これから大事な話あるんでしょう⁉

しかも言いにくいことなんでしょ。きっと。

でもお酒のチカラを借りた方が話しやすいか」

さっきより少し祐子の話し方に軽快さが増したのを感じとったのか章浩はいきなり本題を切り出した。

「そう。大喧嘩して別れたんだし、本当はいちいち会って言う必要ないかなって思ったんだけどさ。ちゃんと自分の口で伝えておかないと人づてに伝わったら祐子を傷つけちゃうなって思ってさ」

その言い方が少し無神経だと感じた祐子は少し突っかかるような物言いで返事をした。

「1ヶ月放置しておいて、よく自分は君を一切傷つけてませんみたいな口調で言えたもんね。っていうか新しい彼女ができたんでしょ⁉ それDMで送ったじゃん」

そんな祐子の激昂ぶりに、「これぐらいの反論は予想してました」と言わんばかりに章浩は余裕の表情をしている。このタイミングで店員がコースの一品目の料理であるシーフードサラダを運んできた。2人はグラスを持ち、言葉を発さずグラスを指差し、さらに指を使って〝もう一杯下さい〟のサインを送った。

「そう言うと思ったんだよな。

でも正直ミチルさんに目撃された時期なんて付き合うことが全く視野になかった時期だったし、祐子からDM届いた時も実際まだそういう話になってなかったんだ」

章浩の弁明を受けて祐子は〝やっぱりか〟と心の中でそう呟いた。

〝やっぱり新しい彼女ができたことを改めて自分に伝えにきたんだな〟

そう実感すると、さっきまで親しみを感じていた章浩が急に遠い存在のように感じるのであった。

「でも手を繋いでたって、ミチルさん言ってたよ。それに凄い章浩さん幸せそうだったたって」

〝私はあなたに未練があります〟

そんな態度を取っても仕方がないのに、口調や声のトーンからその未練が漏れてしまっている自分に祐子は嫌気がさした。

「あっ、あれね。あの時はまだ彼女はグルメ系の発信者で僕のクライアントだったたんだ。

あの日は上野公園で撮影してたんだよ。

〝上野駅周辺のデートに使えるお店3選〟ってあるあるの企画だけどね。オープニングで使う、彼氏と手を繋いでる場面の撮影のエキストラをやってあげてたんだよ。まぁ、撮影は楽しかったことには間違いないかな」

あの時はまだ…。

今はもう…。

こうして、祐子の妄想の中で、章浩の現在の恋愛事情が、できあがっていった。

「結局今はその子と付き合い始めたってことを今日は言いにきたわけね。で、どんな子なの？　新しい彼女って」

現実を受け入れたくない祐子の言葉尻はどんどん刺々しくなっていくのであった。

祐子は嫉妬の感情を上手くコントロールできずにいたのである。

そしてミチルから事前に聞いていた「ブス」という情報を章浩はなんと言葉にするのかを注目していた。

「どんな子って聞かれると言葉にするのは困るけど僕からすると祐子といっぱい共通点があるかなって感じ。

別れといてこんなこと言うのって良くないよね。ゴメン。

でも彼女のSNS見て貰った方がわかりやすいんじゃないかな」

そういう章浩の言葉にさすがに祐子はムッとしていた。
〝ミチルさんから自分とは真逆のタイプのブスと聞いていたのに。
共通点ってどういうことなの⁉〟
そう祐子は心の中で憤っていたのであった。

新しい彼女のSNSの画面を開いた章浩のスマホを祐子は受け取った。
章浩のスマホの画面を見た瞬間、祐子は固まってしまった。

「えっ……なんで⁉　この人⁉
どこで知り合ったの⁉　名前は⁉
私と共通点があるってどういう意味⁉」
急に取り乱した祐子を章浩は心配そうな様子で見ている。

「祐子⁉　どうしたの⁉
ひょっとして祐子の知り合い⁉
向こうには祐子のことを話したけど知ってる様子はなかったけど」
何かの見間違いではないかと、恐る恐るもう一度スマホの画面でそのSNSのアカウントをチェックしてみる。

秋山菜穂
naho akiyama
Tokyo飲み歩き系グルメライター。
〝美味しい！〟
その瞬間の感動を日本一情熱的に伝えるライター

そう説明されたプロフィール写真はなんと……

頬骨が出っ張ったゴリラ顔の女性。
そう、何度見てもそっくりのレベルを超えて「元の祐子の姿」そのものの姿がそこには映っていたのである。

「ちょっと待って章浩さん‼　言ったら悪いけどこの女の人、全然章浩さんのタイプじゃないんじゃないの!?

だって私とは全然違うタイプじゃない!?　なんでなの!?」

〝これはパラレルトリップする前の私です〞なんて祐子は口が裂けても言えなかったし、信じて貰えるわけもなかった。

〝この圧倒的な美貌を持った美人と付き合った後に、よりによってあんな頬骨の出っ張ったブスと付き合うなんてあり得る!?〞

〝この鏡の中の仮想現実は私の美に対する憧れそのものを馬鹿にするためのものなの!?〞

祐子は見るからに混乱していた。そんな祐子を諭すように章浩は語り始めた。

「なんでそんなに驚いてるの!?

確かに外見は違うけど僕からしたらさっき言った通り2人はソックリだよ。

SNSで彼女が紹介している店見てみて。

グルメレポしてる動画も観てあげて欲しいな」

章浩が言っていることが理解できないまま、祐子は秋山菜穂と自分の共通点がどこなのか目を皿にして探した。まず驚いたのは、秋山菜穂のSNSで紹介されている店は祐子が行きつけの店ばかりだったこと。

炉端焼き「樽美」

とんかつ「山山」

焼肉「鉄腕」

肉バル「源兵衛」

寿司「海馬」

そして、今まさに自分達がいるお店、ビストロ「天下逸品」

全てが、祐子の大好きなお店だった。祐子は章浩に勧められたように、ビストロ「天下逸品」の紹介動画を観てみることにした。

秋山菜穂が勧めていたこの店のイチオシメニューは〝のど黒のカルパッチョ〟であった。

このメニューには、プリッとした白身に祐子が大好きなバジルソースがたっぷりかかっている。

バジルソースの何とも言えない風味とのど黒の甘味と旨味が口の中で起こす化学反応にも似たハーモニー。そこにビールの苦みとコクが合わさり、祐子は思わずいつも「うんーまぁ」と声をあげる。

そのことを知るよしもない秋山菜穂が画面の中で、祐子と全く同じ反応をしていた。

まるで自分のことを盗撮されて動画にされたような気分だった。

ただ祐子はこの動画に映る秋山菜穂の顔つきや表情が鏡の向こうの世界の自分とは微かに違うように見えた。

顔自体はソックリなことに変わりないが、この秋山菜穂という女性からはスカッとした清々しさが感じられたのである。

「どう!? 祐子!? びっくりしたでしょ。好きなお店も、好きな食べ物も、食べ方も、食べた時のリアクションも、本当に祐子そっくりだと思わない？ 確かにニュートラルに見ると全然似てないいんだけどさ。でも、まるで2人の肉体に同じ魂が宿ってるみたいじゃない!?

僕も最初彼女に出会った頃めちゃくちゃビックリしちゃって」

章浩の言葉の通り、秋山菜穂はまるで元の姿の中橋祐子のドッペルゲンガーのような存在だった。

「本当に驚いたわ。彼女の食べることに対する趣向って私そのものって感じがする。でもまさかそんなことだけで章浩は彼女を好きになったりしないよね!?」

そう話す祐子の顔を章浩は不思議そうに見ている。

「祐子!? 僕があの日の合コンで何で君のことを好きになったか、ひょっとして覚えてないの!?」

その発言に対し、この状況がもし元の世界の現実とシンクロしているなら、という前提で祐子は答えることにした。

「のど黒のカルパッチョを無心に頬張ってる姿が可愛かったから⁉」

「なんだちゃんと覚えてるじゃん。でも何回伝えても祐子はそれは僕の気の利いた建前としか受け取ってくれなかったよね。

〝周りに見た目で選んだって思われないための建前だぁー〟って。

祐子の中では、自分が美人だから年商5億の経営者坂井章浩に交際を申し込まれた。その解釈は変わらなかったよね。

なんで伝わらなかったんだろう……。

君の食べる姿に本当に僕は癒されていたのに。

何度伝えても君には伝わらなかった」

この章浩の神妙な面持ちに祐子は自分の聞きたかった質問は野暮だったんだなと気づいた。章浩は恐らくこちら側の世界で祐子に対して、自分が感じている祐子の本当の魅力を伝え続けてきたのだろう。しかし、こちらの世界の祐子はその魅力が「美味しそうに食事をすること」だなんて信じられなかった。

しかし、今にも泣き出しそうな章浩の様子を見て、祐子は、その章浩の気持ちがどうも嘘のようには思えないのであった。

祐子は、友哉のことを思い出していた。

「なぜパートナーが美味しそうに食事をすることがそんなに大事なのか？」

その理由を聞いたことがなかったと。

「章浩さん、今から私が聞く質問が以前にもした質問で、〝もうその話は何度もしたのに〟と思わせてしまったらゴメンなさい。でももう一度教えてくれない!?

章浩さんにとってどうしてそんなにもパートナーが食事を美味しそうに食べる瞬間が大事なのか！」

祐子は章浩に最大限に気を遣いながら一番自分が聞きたかったことの核心に迫った。

「確かになぜそれが僕にとってそんなにも大事なのか、ちゃんと話したことなかったよね。こんなこと言っても信じて貰えないかも知れないけど、僕の育った家では食事の時間っていうのがとても厳格な規則に基づくものだったんだ。

うちの母親はわかりやすく躾に厳しい母親で特に食育に関してはとてもうるさかった。

食べる時間、

食べる回数、

食べる時の姿勢、

食べる順番、

食べるバランス、

咀嚼の回数、

箸の持ち方。

全てにおいて、とてもルールにうるさい人でね。

一口の咀嚼の回数なんて絶対に30回以上するように言われていた。だから毎日毎食1時間ぐらいかかってしまって。

その1時間がビッチリ監視されるものだから、食事が憂鬱で憂鬱で仕方なかったんだ。

もちろん母親にとってそれは愛情のつもりだった。だけど、それは言うなれば完全に歪んだカタチの親の愛情だったよね。

そのせいでバッチリ僕は高校2年の頃にはストレス性の摂食障害になってしまって。

またそれで母親が自分を責めてヒステリックになったり、パニックになったりしたから大変でさ。結局精神科にかかって母親は強迫性障害という病気だとわかったし。

その当時のカウンセラーの先生が、いつも見せてくれていたのがグルメレポーター・ヒノマルさんの食レポをビデオに纏めてくれたものだったんだ。

ビデオの中に映っていたのは、味覚に対する感動を言葉で、顔で、時には動作も含めて表現するヒノマルさんの姿だった。

カウンセラーの先生はヒノマルさんのそんな姿を見ながら、高校生だった僕にこう教えてくれたんだ。

《食事というのは人間が生きている間に、8万回～10万回も生きる営みとしてする行為なの。

もちろん食べるということは、生命を維持していくために必要不可欠な行為として行うのはみんな同じだけども……

その行為にどんな意味を持たせるのか？

それは人によってまるで違うわ。

あなたのお母さんがしたように、食事に人格形成や身体の機能の向上のようなわかりやすい恩恵や目的や意味を持たせる人もいる。

一方で、あなたが今観ているヒノマルさんのように人の人生に1つでも多く感動の瞬間をというメニミエナイ恩恵や目的や意味を持たせる人もいるの。

お母さんはお母さんとしてちゃんとしなきゃ！　という思いが強く出てしまったのよね。あなたに食育を正しく施すことが自分の存在価値なんだって自分で思い込み過ぎてしまっていたのね。

あなたも辛かったし、お母さんも辛かった。

だからね章浩くん。あなたは自分の心のトラウマを癒していくために感動という目的を持って食べることと向き合っていきなさい。

もう食べ方とか食べる順番とか食べるバランスとか無視して良いわ。

〝うまぁーーーい〟って心から感動ができる瞬間を大事にしなさい。

そして大きなお世話かも知れないけど、これから大人になって恋人を選ぶ時には
〝美味しくご飯を食べる人〟

これは絶対条件にした方が良いわ。

もう見た目とかどうでもいいから。

毎食、毎食感動と共に食事をしてくれる女性であることの方があなたにとっては絶対大事な前提になってくるから。

お姉さんこう見えて恋愛もエキスパートなんだからね》

その時のカウンセラーさんの話のおかげで僕の心は軽くなった。

長年の呪縛から解放されたようなそんな感覚を覚えたんだ。

でも今でも自分の母親のように、食事に対して、めちゃくちゃルールに厳しい人と食事をしないといけない場面だと吐き気がしちゃう時もある。だからきっとまだまだ自分の中で食べるってことと向き合っていかなきゃと思ってて。

僕みたいな人はきっと世の中に少なくないのかも知れないね。

だから祐子と合コンで出会った時は本当に人生で最高のパートナーと出会ったって、感動したんだ。

ずっと君は自分の容姿に僕が一目惚れしたと勘違いしていたけどね。

周りの女性が男性にどう思われるか、どう評価されるかってドギマギしてる瞬間も、君だけは真っ直ぐに運ばれてくる料理に夢中だった。

だから僕は、この人こそが自分にとっての運命の人。

本当にそんな風に感じたんだ。

あの日のカルパッチョを美味しそうに頬張る祐子は、あの時見たヒノマルさんと被って見えたんだ」

章浩の話を聞かされて祐子はぼう然としていた。

〝ただの食いしん坊〟。自分ではそう評価していた部分が章浩にとってこんなにも精神的な幸福や癒しに繋がっていたなんて祐子は想像もしていなかったから。

そして「食べる」という当たり前の行為すら、まともにできなかった章浩の過去を想像すると、それだけで祐子の胸は締め付けられる想いでいっぱいになった。


「章浩さんゴメンなさい。

私そんなこと想像もできなくて……、
どうせ見た目で私を選んでいる癖に建前ばっかり言う人だって決めつけてしまってた。

本当にゴメンなさい」

祐子はただ涙を堪えきれずに泣きじゃくっていた。

「良いんだよ祐子。僕ももっと早くこういう自己開示を君にできていたらって反省してるんだ。君があまりにも容姿が美しいかどうかに固執するものだから、僕も意地を張ってしまったことも沢山あった。

でも信じて欲しい。


君の魅力はただ美しいだけじゃない。

君の本当の魅力は、感動することに素直なところさ。

その人間らしさが魅力なんだ。

美味しいものに美味しいって素直に感動している君を僕は愛していた。人間離れしたその美貌よりもよっぽど、魅力的だったんだ」

章浩が心の底からくる本音を打ち明けてくれた。その事実に、祐子はアンサーソングのようなものを語らずにはいられなくなった。こうして、祐子は章浩に自身のコンプレックスについて話し始めたのである。ところがそのコンプレックスは、不覚にも、元の世界で中橋祐子という人物が抱えるそれだった。


「章浩さん、話しにくい話をしてくれてありがとう。

この際だから私も本心を話させて下さい。

信じて貰えないかも知れないけどね、ずっとずっと私は自分の容姿がコンプレックスで悩んできたの」

その言葉に章浩は目をギョッとさせた。

「何を言ってるの⁉　嘘だろ⁉　祐子。

君はいつだって自分の容姿には自信満々だったじゃないか。

これが私の価値よって、いつも勝ち誇る態度をとってたじゃないか」

ふと勢いでブスとして生きてきたことを前提に放ったこの発言に祐子は一瞬ハッとした。

しかし、祐子は考えた。実際こちらの世界の中橋祐子がずっと鏡の中の自分に陶酔するような感覚と共に毎日を過ごしていたのだろうか？　と。

祐子にはどうしてもそうは思えなかった。

章浩から連絡がこなかった地獄のような1ヶ月間、祐子が感じていた嫌な気持ちは見た目が良いとか悪いとかは全く関係のないものに違いないと確信があったからだ。

それどころか祐子は、

「なんで私は美人なのにこんなに心は虚しいんだろう」と、元の世界では到底感じることのなかった虚しさすら感じ取っていた。

そしてこの時、
鏡の向こう側の世界の祐子と、
鏡のこちら側の世界の祐子の、
容姿コンプレックスに対する想いが重なり合った。

「きっとね。そう思い込もうと必死だったんだと思う。

〝私は誰よりも美人じゃなきゃダメ〟

〝私は誰よりも美人じゃなきゃ私じゃない〟

って。だから章浩さんには言わなかったけれど、自分がいる空間に自分よりも美人を無意識に探しては強いコンプレックスを感じてきた。

でもそれは意固地に美醜以外の自分の価値を探さなかったことがコンプレックスに悩まされ続けた本当の原因なんだと章浩さんの話を聞いて気づかされたわ。

美醜に基づく価値でしか自分を評価してこなかったことが容姿コンプレックスの負のスパイラルにハマってしまう原因なんだってよくわかったのよ。

結局醜くても、美人であっても、美醜に基づく価値に強く囚われているうちは違うカタチの不幸を味わうだけなんだって。章浩さんと別れて痛いぐらい勉強になったわ。

誰もが羨ましがるような美貌もそのせいで、

〝それこそが自分の価値だ〟

〝そこにしか自分は価値がない〟

っていう思い込みに囚われてしまうなら、逆に大切な人から愛されることに対する弊害になるって思い知ったの。

私の場合は無我夢中で美味しいものに感動してる瞬間がその思い込みから解放されている瞬間だったのかも知れないね。

美しさを誇示していると沢山の男を惹きつけるけど、結局大切な人に深く愛されることはない。

でも食べることに没頭して美醜のジャッジから解放された私を章浩さんは愛おしいって感じてくれていたのよね。

コンプレックスって結局は、

自分の本当の魅力に気づけ‼

という強いメッセージなんだなって思ったわ。

コンプレックスという痛みをもって、本当の自分の魅力に、

気づけ！

気づけ！

ってメッセージを伝える役割をしてくれているのよね。

章浩さん。

気づかせてくれて本当にありがとう。

そして菜穂さんを大切にしてあげて。

菜穂さんは本当の自分の魅力に誰よりもちゃんと気づける人だし。

きっとそれは他人に対しても同じだと思うの。

みんなが囚われがちな価値に囚われることなく多くの人の潜在的な魅力に気づける人」

そのことを章浩に一生懸命に伝え終えた祐子はとても清々しい気持ちになった。

秋山菜穂
naho akiyama
Tokyo飲み歩き系グルメライター。
〝美味しい！〟
その瞬間の感動を日本一情熱的に伝えるライター

祐子は菜穂のSNSの短いプロフィールに、そして動画から伝わる自分の魅力に対する自覚的な態度に心から敬意を感じていた。

きっと彼女は自分のその容姿にプライドを持っているのだろう。

個性的なその顔を使い、味覚の感動を伝えるツールにしている。

顔をくしゃくしゃにして、

「うぅぅーむ」とためてから目を急にパッと見開く顔芸は、自分の顔を何度も何度も鏡で見て自分と向き合ったからこその賜物に違いない。

祐子は内面が別人のもう1人の自分に、とても大切なことを教わったような気がしていた。

「祐子ありがとう。今日は本当に話せて良かったよ。

そして君と出会えて。君と多くの時間を過ごせて良かった。

ありがとう。

祐子も幸せになれよ。約束だからな」

章造は溢れ出す感情のままの言葉を祐子に送った。

2人はお気に入りのビストロで残りの料理を思いっきり楽しんだ。祐子はこちらの世界での自分のイタイ女エピソードを沢山聞かされ、沢山笑った。

そしてご飯を美味しそうに食べている自分の顔を嬉しそうに見ている章造の温かな視線に不思議と懐かしさを感じた。

同じような視線で自分を見てくれていた人物。

祐子の脳裏には友哉の顔が浮かんだ。

自分が気づいていなかっただけで友哉は美味しそうにご飯を食べている間、ずっとこの温かな視線で祐子を見つめてくれていたのかも知れない。

鏡の向こう側の世界に帰ったら友哉に同じ質問をしてみよう。

なぜ友哉にとって女性がそんなに美味しそうに食事をすることが大事なのか？

この時祐子はそんなことを考えていた。

8. 66日後の決断

「遅い時間のご来店ありがとうございます。中橋様。確か66日ぶりのご来店ですよね!?」

急に21時からの最終の予約枠を入れてきた中橋祐子がどこかのパラレルワールドからやってきた人物であることを新堂光太は確信していた。

なぜなら、

「66日ぶりの来店」

「珍しい美人客」

と、こんなにわかりやすい前提が2つ偶然に揃うということは、あり得なかったからである。

「そうです。お気づきの通り、このお店のナルシスの鏡の不思議なチカラでこちら側の世界に吸い込まれるようにやってきました。

そして今日が向こう側の世界に帰れる選択ができる最後の日66日目なんです」

祐子がこちらの世界でどんな体験をしたのか光太にはわからない。

しかし66日ぶりに来店してくる美女はみんな決まって清々しい顔をしている。

「中橋様はこちら側の世界でのそのお美しい容姿にはもう未練はございませんか？

そんなにお美しい姿を捨ててまで向こう側の世界に戻る理由がおありなのでしょうか？

こちら側の世界でもナルシスの鏡に魂を吸い込まれて、そのまま戻ってこなかった女性は少なくありませんよ」

そう話す光太の顔を見て祐子は凛とした態度で答えた。

「向こう側の世界に戻る理由⁉

それは私が私らしく幸せであるためにです。美人だとか、ブスだとか、そういうことと幸せはあまり関係がない。そんなことに気づいたんです。

そして、関係がないのなら33年連れ添った元の私のままで幸せに生きていきたいじゃない⁉　それに……」

祐子はこちら側の世界で起きた出来事を振り返りながら、それらの出来事から得た大切な気づきを噛み締めるように話す。

「それに!?　なんでしょうか？」

光太は「それに……」の後に祐子が口にすることがこれから向こう側で祐子が創りあげる幸せの輪郭であるのだろうと想像をしながら質問をする。

「どうしても元の私の姿でもう一度会いたい人が向こう側の世界には、いるから。一生懸命に私に愛を伝えようとしてくれていた大事な人に、私のことを忘れさせてたまるもんですか」

祐子の顔にはもう元の顔に戻ることに対する迷いや躊躇は見えなかった。

「そうですか。それはとても意味のある66日を過ごされたのですね。そういうことならもうこちら側の世界に未練はないのも納得できます。素晴らしい。それでは中橋様、お帰りはあちら側の席になります」

そう言うと祐子をナルシスの鏡の前の席へと案内した。

元の祐子がどんな顔をしていて、その祐子にどんなことがあってこちら側の世界にやってきたのか？　こちら側の世界でどんな体験をしたのか？　またその体験からどんなことを学んだのか？

そういった全てを、こちら側の世界の光太は一切知らない。

ただ66日ぶりに来店をする美人が、今まで苦しんできたコンプレックスの根本にあるさらに深いコンプレックスと、どう向き合っていくかその答えを出したことだけは理解していた。


「あのぉ〜、帰りはお金とか要らないんですか？

一応カットで予約しちゃったからカット代払いましょうか⁉」


「いいえ、大丈夫です。

鏡の向こうの世界できっと沢山頂いてることでしょうし。

帰りのお代は結構です」


光太は、「どうだ！　帰りはタダなんて気前が良いだろう⁉」と言わんばかりの顔で祐子を見つめている。


「そうね。30万円も振り込まされたもんね。

でもどんな美容整形を受けるよりも価値のある心の美容整形をして貰った気分だわ。

ちゃんと向こうの世界に戻ったら口コミに書いておくわね。

あっ、でも向こう側の世界で書き込みしてもあなたには直接メリットなんてないのかしら？」


そう言って少し意地悪な笑顔を祐子は浮かべた。

「いえいえ意外にそんなこともありませんよ。それでは向こう側の世界の新堂光太にもよろしくお伝え下さいませ」

そう言うと光太はナルシスの鏡にかかるカバーをすーっと外した。

目の前にはなんの変哲もない鏡が置かれている。

しかし、その鏡がただの鏡でないことは、今の祐子は重々、承知している。

祐子は鏡に映る自分を見つめるというより、鏡自体をじっと見つめ、そして、鏡へと語りかけた。

「鏡さん、本当にこの66日間、沢山の大切なことに気づかせてくれてありがとう。こちら側の世界で美人な自分を体験してみて本当の自分の魅力が何なのかが痛いぐらいわかったわ。

向こう側の世界でブサイクに戻っても、もう自分の魅力から目を逸らさずにちゃんとそこを観てあげるって約束します」

そう宣言したと同時に、鏡に映る美しい祐子がにこりと微笑んだ気がした。

次の瞬間である。

早速、強力な接着剤で貼られたポスターが無理やり剥がされるように、意識が肉体から無理やり剥がされそうになった。

そして、意識が肉体から完全に離れたと同時に、急スピードで鏡にぶつかりそうになり、祐子は目を瞑るのだった。

　こうして祐子は意識を失った。

「中橋様！　中橋様！」

聞き覚えのある声が祐子の耳に届いた。光太の声だ。

目を開けると、目の前にいたのは懐かしい顔。そう、〝頬骨が出っ張ったゴリラ顔〟だ。

ところが、同じ顔のはずなのに、今の祐子には、その顔がどうも「ブサイク」には思えなかった。

それどころか、不思議とスカッとした清々しさが感じられたのである。

「あれ!?　私なんか可愛くなった!?」

　祐子は率直にそう思った。

「おかえりなさいませ。中橋様。鏡の向こう側の世界はいかがでしたか!?
本当にギリギリまで戻ってこられなかったので、ひょっとするとこのまま戻られない可能性もあるかなって焦りましたよ！」

「うん、ギリギリでした。
　これ本当に凄い体験ですね。
仮想現実だとは思えないぐらいリアルなものでした」

そんな祐子の感想を聞いた光太が少し誇らしげな表情になった。

「オレは実際体験したことがないのでわからないですが皆さんそうおっしゃいますね。まぁ、こちら側の世界も鏡の向こう側の世界からすれば仮想現実のようなものですからね。

まぁ都市伝説みたいな話はさておき、鏡の中の世界はどうでしたか⁉

せっかくだから、聞かせて下さいよ。土産話」

少し口を尖らせて物欲しそうにする光太に、祐子は気まずそうに言うのだった。

「ゴメン、新堂さん。本当にあなたには感謝してるんだけど、どうしても急いでやらないといけないことがあって。

また改めてちゃんと話に来るから。

確かもうお金は振り込んであったわよね。

ということで今日はこれで失礼させて貰うわね！」

そう言うと祐子は荷物を預けていたロッカーの鍵を開けてそそくさと帰る準備を始めた。

〝鏡の中で祐子が何を体験してきたのか⁉〟

その話を聞くのを楽しみにしていた光太はさらに拗ねるように口の先を尖らせた。

そんな光太の様子を見て祐子はクスクスと笑った。

8. 66日後の決断

「新堂さん、あなた子供みたいな人ね。可愛い。

私に婚約者がいなかったら付き合ってあげても良かったわ。

結婚前提に」

その祐子の冗談なのか、本気なのかわからない発言に光太は今度は顔をこわばらせた。

「あ、あっ。あははははは。

中橋様にそう言っていただいて嬉しいです」

と引き攣った笑顔で対応する光太は祐子が〝婚約者〟という言葉を口にしたことにこの時は気づいていなかった。

祐子がこちら側の世界に戻ってきて光太の店を出たのは19時過ぎ。

祐子はアプリで呼んだタクシーにすぐに乗り込み上野駅に向かった。

上野駅の近くのオフィスに勤めている友哉がちょうど仕事が終わるぐらいの時間だった。

今日は金曜日の夜。

友哉と祐子が付き合っていた頃、金曜日は仕事が終わってから上野駅周辺の居酒屋を飲み歩きデートするのが2人の決まりごとだった。

別れて間もない友哉は、今まではデートをするのがルーティンだった金曜日の仕事終わりに何か新しい時間の使い方を見つけたのだろうか？

祐子の頭にあらゆる可能性がよぎったが、そんなことはもうどうでも良かった。タクシーの中で祐子は友哉にメッセージを送った。

《友哉1週間ぶりです。
とてもカッコ悪いですが別れて1週間が経って、本当に別れたことを後悔してる。
今さら会ってもあなたの気持ちはもう私に戻ることはないのかも知れない。
だけど私はあなたにどうしても謝りたいことがあります。
最後に一度会って話をさせて下さい。
今タクシーで浅草から上野駅に向かってます。
今から奇跡的に会えたりしないかな?》

鏡の向こうの世界で1ヶ月前、似たようなメッセージを章浩に送ったことを祐子は思い出していた。そして音沙汰のなかった1ヶ月という時間の苦しい気持ちが沸々とよみがえってくるのであった。

祐子はそんな気持ちを紛らわすように友哉がプロポーズしてくれた時のことを思い出していた。

友哉がプロポーズしてくれたのは上野周辺では大人気の蓮根料理をメインで出してくれる居酒屋、店の名前はそのまんまの「れんこん」。

いつも満席で中々入れないこのお店の予約が取れたとの連絡を友哉から貰った時はまさ

8. 66日後の決断

か居酒屋でプロポーズをされるとは祐子は思ってもみなかった。

からしれんこんから始まったこの日の人気居酒屋「れんこん」でのディナーは、

れんこんのコロッケ、

れんこんニョッキのクリームソース、

れんこんと帆立の蒸ししんじょ、

れんこんと三元豚の酢豚、

締めのれんこん麺を頂いて2人がお腹いっぱいのタイミングで、友哉が結婚の話を切り出したのである。

「めちゃくちゃ美味しかったね、れんこん。

さすが中々予約取れない人気店だけのことはあるね。

そして祐子。今日も凄い幸せそうにご飯食べてたね⁉

本当に祐子とご飯を食べてると幸せな気持ちになれる。

オレは死ぬまでにあと何回祐子とご飯食べれるんだろうね⁉」

とてもわかりにくいプロポーズの前振りに最初、祐子は友哉が何を言いたいのかわからずに戸惑ってしまった。

「死ぬまでにって……、

友哉今日は変なこと聞くのね。

そんなの付き合ってるうちは何回でも食べれるじゃないの」

そう平然と話しながら祐子はこのお店の名物であるれんこん茶を音を立ててすする。

「あぁぁぁぁ。なんて奥ゆきのある甘味なの。

とても温かい甘味。

お茶までこんなに美味しいなんて最高よね」

そんな祐子の表情を友哉は微笑ましく見つめながら言うのだった。

「〝付き合ってるうちは〟じゃ嫌なんだ。

オレは祐子がおばあちゃんになってもご飯を美味しいと感じられるうちはずっと祐子が美味しそうにご飯を食べる姿を見ていたいんだ。

だから祐子。


オレと結婚して下さい」

そう言うと友哉はポケットにしまっていた婚約指輪のケースを取り出した。

その瞬間、れんこん茶を飲んでいた祐子は、「ブッ‼」と湯飲みに吹き出した。

「なんなのよ⁉　そのプロポーズ⁉

8．66日後の決断

なんでプロポーズの時までご飯の話になるのよ⁉

それに普通こんな所でプロポーズする⁉

人気店は人気店だけど居酒屋だよ？　ここ。

友哉って本当に女心がわかってないわよね」

待ちに待ったプロポーズがあまりにも理想とかけ離れていたことに祐子は怒りを通り越して、呆れ返っていた。

「やっぱりプロポーズはムードの良いお店が良かったかな⁉

でも今日プロポーズにこのお店を選んだのにはちゃんと理由があるんだ。

れんこんには複数の穴が空いているだろう⁉

穴から向こう側が見通せることから
〝将来の見通しが良い〟

という縁起を担ぐような意味があるんだ。

そしてれんこんには種が多いことから多産を象徴し、『子孫繁栄』の意味もある。

そして付き合ってから祐子がずーっと行きたかったお店。

こんなにもプロポーズに相応しいお店ないじゃないか！」

真剣にそう言い切る友哉との将来の見通しは残念ながら良いとは祐子は思えなかった。


ただし、その時は。

今は友哉のプロポーズの言葉の意味が鏡の中での章浩との思い出によって全く違うように解釈されている。

あんなに素敵なプロポーズをしてくれた。ただその真意に自分が気づけなかっただけ。

祐子はそう思っていたのである。


ちゃんと会って謝りたい。

注いでくれていた愛情に気づかなかったことを。

ブス特有の卑屈な考えのもとで〝人は外見より中身〟という綺麗事を言う道具にされているなんて歪んだ目で友哉をずっと見てきたことを。

その想いが通じたのか友哉に送ったメッセージに既読のマークがついた。
そして既読になって1分も経たないうちに返信がきた。
《連絡ありがとう。
オレもムキになってしまって謝りたかったんだ。
今ちょうど宇都宮線のホームで電車待ってる所。
改札に戻るし中央口で待ち合わせしよう。》
返ってきたメッセージを読んで祐子はタクシーの中で小さくガッツポーズをとった。

8. 66日後の決断

祐子はタクシーを降りて、急ぎ足で中央改札に向かう途中、遠目に自分を待つ友哉の姿を発見することに成功した。そして気持ちが先走った祐子は視界に友哉が入ってきた瞬間、条件反射のように走り始めた。

そんな祐子を驚いた様子で友哉は見ている。

そして目の前まで全力疾走してやってきて

「ぜぇ、ぜぇ」と息を切らしている祐子に声をかけた。

「何も走って来なくてもいいのに。

どうしたんだよ⁉

突然連絡してきたと思ったら」

驚きながらも少し嬉しそうな表情をしている友哉の顔を見ると祐子は少しホッとした。

「急に連絡したのに、時間作ってくれてありがとうね。

色々話したいこともあるけど……

とりあえずお腹空いたし、ご飯屋さんに入らない？」

友哉に真顔で提案する祐子。

「喧嘩して別れた婚約者に再会して開口一番が、

〝お腹減った〟

って君らしいよな。

そうだね。お腹が減ってちゃ話もできないもんね」

とその提案をのむ友哉。


2人は上野駅からアメ横の方面へとご飯屋さんを探して歩き始めた。

そしてJRの高架下沿いから少し入った小路に2人にとってプロポーズの思い出の地、居酒屋れんこんが現れた。

2人は思わず顔を見合わせた。


「金曜日だし、飛び込みで入れるわけないよね？」と祐子は友哉に確認するように聞いた。

「空いてたら祐子はれんこんに行きたい気分？」と友哉は祐子に確認し直すように質問をした。

タクシーで上野駅に向かうまでの道中に、れんこんでプロポーズをされたデートの日の記憶を思い出していた祐子はすっかり舌がれんこんの舌になっていた。

友哉の質問に言葉を発することなく祐子はコクリと頷いた。

「よし‼　ダメ元で行ってみて、いっぱいだったら他の店をあたろう。

8．66日後の決断

この辺りは美味しい店が他にもいっぱいあるし」

少しの沈黙の後に友哉は祐子にそう提案をした。

そして次の瞬間友哉は祐子の手を取り、「行こう、祐子」と引っ張った。

友哉の手の温もりも感じながら心地の良いリードに祐子は身を委ねた。


「すいません、予約してないんですけど2人入れたりしますか?」

金曜日のこの時間に予約なし。だからこそ「ダメ元で来てます」とすぐにわかる謙虚な態度で友哉は店の入り口にいた男性店員に尋ねた。

入り口にいた男性店員は無愛想な表情をしている。

きっと、

〝予約なしで入れるわけないでしょ‼

ここがどんだけ人気店かわかってます?

まったくもう〟

とでも言いたいのだろう。

「ご予約されてないんですよね⁉　ちょっと確認してきます」

そう言って店員は奥に確認しに行った。

店内を目視すると、席には全て「ご予約席」と書いた札が置いてあって、何も置いていない席は見当たらない様子。

「やっぱり予約してないと無理よね⁉」

そう残念そうな顔で祐子は頬を膨らませている。

するとそこに店員が戻ってきた。

「今確認してきましたが、一席だけご予約のキャンセルが出たみたいでお食事して頂けます。

お席はお二階になりますのでゆっくりお楽しみ下さい」

奇跡が起こった‼

そんな顔を2人は同時に浮かべ、その顔をお互いに確認しあった。

「良かったね。祐子」

そう言葉をかけてくれる友哉の顔からまだ何も話していないのに関係を元に戻そうとしてくれるのが伝わってきた。

2人は席につくと2次元コード式の注文システムから注文をした。

2人が頼んだのは、

8．66日後の決断

れんこんとエビの挟み揚げ、
れんこんのピクルス、
焼きれんこんのきんぴら、
れんこんと帆立の蒸ししんじょ、
れんこんと三元豚の酢豚、
れんこん麺、
ドリンクは生ビール2つに、
れんこん茶も2つ。

注文を済ませると友哉が祐子より先に、別れてから思っていたことを話し始めた。

「祐子、この間は本当にゴメン。

祐子が外見にコンプレックスを持っているのに、とても無神経なものの言い方しちゃって。

あんな言い方しなくても良かったなって反省した。

でも祐子の本当の魅力にもっと祐子自身目を向けて欲しくて。

ついムキになってしまった。

付き合ってからずっとそうだったけど、
オレが素敵だなって思ってる祐子の魅力をどうやったら祐子も自分で認めれるようにな

るのかって頭を悩ませてきた。
オレ祐子と離れている時間も、ずっとそのことを考えてたんだけど……、やっぱりそれって忍耐を持って伝え続けるのが愛なんだろうなって思った。
どんなに祐子が自分で自分を好きになれなくても、
祐子が自分の魅力から目を背けていても、
ずっと側で伝え続けていくことが結婚しないとできない愛情表現なんだって気づいたんだ。
だからオレもそのことを伝えなきゃって思って」
そう話す友哉の顔には前回プロポーズをした時よりもさらに一段と覚悟を決めたことが滲み出ていた。

「友哉ありがとう。私もゴメンなさい。

私も1週間とは思えないぐらい本当に色々なことがあって……

気づいたの。

友哉がいつも言ってる
〝人は外見より内面〟ってのは綺麗事だと決めつけて、自分で自分の価値を否定してきたなって。

〝美味しそうにご飯を食べる女が好き〟なんてうわべだけで言ってるって、ずっと決めつけてきた。

顔が可愛いとか綺麗とかに比べたらそんなの全然魅力なんて呼べない。

私も自分の魅力を神様に選び直すことを許されるなら絶対そっちの方がいいって。

でもね、ある人に会って気づいたの。

美味しそうにご飯を食べるってだけで、相手の心を満たすこともあるんだって。

でね、ひょっとしたら友哉も本気でそう言ってくれてたんじゃないかって思うようになったの。

だからもう一度会って確かめたかったの。

友哉にとって、どうしてそんなにも女性が食事を美味しそうに食べる瞬間が大事なのかを」

祐子は、鏡の中の世界で数時間前にした質問を、友哉にも投げかけた。

そしてこの質問の答えを聞くことで、ナルシスの鏡の仮想世界が祐子に何を教えてくれるためのものだったのかこの後、祐子は思い知ることになる。

「確かになぜそれがオレにとってそんなにも大事なのかちゃんと話したことなかったよね。

こんなこと言っても信じて貰えないかも知れないけどオレの育った家では食事の時間っていうのがとても厳格な規則に基づくものだったんだ。

うちの母親はわかりやすく躾に厳しい母親で特に食育に関してはとてもうるさかった。

食べる時間、
食べる回数、
食べる時の姿勢、
食べる順番、
食べるバランス、
咀嚼の回数、
箸の持ち方。
全てにおいて、とてもルールにうるさい人でね。
一口の咀嚼の回数なんて絶対に30回以上するように言われていた。だから毎日毎食1時間ぐらいかかってしまって。
その1時間がビッチリ監視されるものだから、食事が憂鬱で憂鬱で仕方なかったんだ。
もちろん母親にとってそれは愛情のつもりだった。だけど、それは言うなれば完全に歪んだカタチの親の愛情だったよね」
祐子は〝信じられない〟と思い、そのままの表情が顔に出ていた。

「祐子どうしたの⁉　凄い顔してるよ。
こんな話したら嫁姑の関係が不安になるよね。
でも大丈夫だよ祐子、安心して。

ウチの母親は他所の人の食事の作法までは介入しないからさ。

結婚の挨拶に来た時も全然普通だったでしょ⁉」

祐子がなぜそんな顔をしているのか？　その解釈を友哉は、実際祐子の中で起きている事実と全く違う方向に予想をしていた。

「ううん。そんなこと心配してないよ。

お義母さん、私に凄い優しかったし。

でも友哉はそのお義母さんの躾のせいで摂食障害になったんだよね⁉」

祐子は友哉の話の続きが章浩から聞いたものと同じなのかどうかを確認した。

「あれ⁉　祐子にこの話ってしたっけ⁉

なんで祐子、オレが摂食障害になったこと知ってるの？」

友哉はとても驚いた顔をしていた。

「信じて貰えないかも知れないけど夢に出てきたの。

子供の頃の友哉が母親の厳しい食育のせいでとても苦しんでいて。

場面が変わって
高校頃に摂食障害になってしまったことにお義理母さんが自分を責めてヒステリックに

なったりパニックになっていてそのことでまた友哉が苦しんでいて。

でも次の場面でとても優しそうな女性が出てきて友哉にカウンセリングをしていて、

『君のその病気にとって、美味しくご飯を食べる女性と恋をすることが一番の薬だ。それがブスでも美人でも』

って言ってたわ」

祐子の話を聞いて友哉はさらに驚いた顔をしていた。

そして友哉のその驚いた顔を見て祐子は鏡の向こうで体験した仮想現実の不思議な性質をなんとなく理解し始めていた。


「それ、本当⁉ ウチの母親とでも話したんじゃない⁉

まっ、それはどっちでもいいや。

でも祐子が話してくれた通りだよ。

だから祐子と合コンで出会った時は本当に人生で最高のパートナーと出会った！ って、感動したんだ。

祐子はずっとオレが綺麗事を言ってるだけって信じてくれなかったけどね。

周りの女性が男性にどう思われるか、どう評価されるかってドギマギしてる瞬間も、君だけは真っ直ぐに運ばれてくる料理に夢中だった。

だからオレは、この人こそが自分にとっての運命の人。

本当にそんな風に感じたんだ」

友哉のその言葉を聞いて、これが現実なんて本当に最高だと、祐子はそう実感した。

そのタイミングでようやく生ビールとれんこん茶が運ばれてきた。


「大事な話してたのにちょっと間が悪いよね。

でも混んでるから仕方ないか。


ねえ友哉。今はちゃんと友哉のその言葉受け取れるよ。

ちゃんと伝わってます。

夢のおかげかな。

さぁ、せっかくだし乾杯しよう。

じゃあ先ずはビールで2人の復縁に」

「そうだね、乾杯‼」

2人は復縁の祝杯をあげた。タクシーの中から友哉とちゃんと話をするまで緊張感を保ってきた祐子にはビールがカラダに染み渡るように感じられた。

「プハァーーーーー。やっぱり最高だね」

ビールの美味しさを表情豊かに表現する祐子の顔を見つめる温かな視線がそこにはあっ

た。

この温かな視線をしっかりと感じられるようになったことが祐子にとって鏡の世界に入って得た変化だろう。そしてこの変化はきっと、祐子の容姿を内側から美しく変えていく、大切な宝物になるはずだ。

祐子はこの温かな視線に不思議な懐かしさを感じていた。

同じような視線で自分を見てくれていた人物。

祐子の脳裏には母親の顔が浮かんだ。

祐子は子どもの頃

日常的に母親に「ブス、ブス」と言われて育った。

自分にソックリな容姿に生まれてきた祐子の容姿を、母親は嫌っていたのである。

そんな母親も祐子が美味しそうにご飯を食べている時だけはとても嬉しそうな顔で祐子のことを見てくれていた。

祐子は、この時初めて母親から温かな視線と共にメニミエナイ愛情を沢山貰っていたことにようやく気づいた。

祐子の目には涙が込み上げてきた。

「友哉、本当にいつも温かい目で私のことを見つめてくれてありがとう。前にここでプロポーズしてくれた時は私、正直ピンときてないままプロポーズを受けちゃったの。

だから今度は私からちゃんと言わせて。

私が、おばあちゃんになってもご飯を美味しいと感じられるうちはずっと友哉にその温かい目で見つめていて欲しいの。

だから友哉、私と結婚して下さい」

祐子は自分から友哉にプロポーズをし直したのである。

そんな大事な場面で残酷にも水を差すように店員が一品目の料理、焼きれんこんのきんぴらを運んできた。

あまりの間の悪さに友哉も祐子も笑ってしまった。

「ははは。やっぱりこの店はプロポーズには向いてないのかも知れないね。

でも祐子の言葉を聞いて感じたよ。前にプロポーズをした時よりもずっと2人とも幸せで愛のある未来を見通す目が良くなったって」

そう言うと友哉は焼きれんこんのきんぴらを1つ手でつまみ、れんこんの穴ごしに祐子を見つめた。

そしてれんこんの穴ごしに祐子を見つめる友哉の目には以前と比べて別人のように綺麗になった祐子の姿が映った。

幸せな未来の自分を見通す目。

自分のメニミエナイ魅力を見つめる目。

祐子が自分を見つめる心の目が良くなったことが、友哉の目に映る姿をポジティブに歪曲したのかも知れない。

「祐子。今気づいたけど

会ってない間にとても綺麗になったね。

エステかなんか行った？」

付き合って3年、一度も容姿について褒めて貰ったことのない祐子が初めて容姿を褒められた感動は、鏡の中の仮想現実で体験したそれとは比べものにならなかった。

「エステ⁉

エステなんて行ってないよ。

それよりもずっと本質的に綺麗になる方法を見つけただけ。

まぁ、友哉には言えないけどねー」

そう話す祐子はまるで憑き物が取れたような、とてもとても清々しい顔をしていた。

9. 顎（アゴ）さえなければ

《有野先生お元気ですか？　今日は先生にご報告があって連絡しております。

オレもようやく結婚することになりました。

結婚式の案内状は改めて送りますが、まずは先生にご報告したくて。

結婚する相手の女性は先生が昔オレにアドバイスしてくれていた〝ご飯を美味しそうに食べる女性〟です。

母親との問題はまだまだ自分の中で引き続き向き合っていく必要を感じますが、彼女といると……うん、特にご飯を一緒に食べると心がとても癒されます。

オレにとって苦痛だった「食事の時間」が幸せな時間に変わったことで人生が明るく開けていきそうです。

先生があの時、
恋人を選ぶ時には〝美味しくご飯を食べる人〟が絶対条件

って言ってくれなかったら母親と同じような規律を重んじる相手と付き合ってまた辛い想いをしてしまっていたかも知れません。

だからあの時のことは、今でも感謝しています。

また近いうちにお会いできるのを楽しみにしています。》

このDMを銀座のカフェで読んでいるのは、有野愛菜42歳。

彼女の職業は心理カウンセラーである。

送り主は安達友哉。心理カウンセラー・有野愛菜が20代後半、駆け出しの頃に出会った思い出深いクライアントである。

友哉のように強迫性障害のある母親に育てられ精神を患ってしまう子どもは少なくない。

強迫性障害の原因の解釈は多岐にわたるが、愛菜はこの強迫性障害を専門にして15年以上、研究をした結果、

〝自分が自分で在ることに対する過剰な条件づけ〟

だと原因を定義することで多くのクライアントを改善に導いてきた。

友哉の母親は、友哉を正しく躾けることが〝自分が自分で在るための条件〟だと、過剰に思い込み過ぎた結果、強迫性障害を患ってしまった。

「自分が自分で在る」という言葉を使うと難しく聞こえるが、一般の人に馴染みのある言葉を使うならば、

「居心地が良いか悪いか」というものさしにおいて、居心地が良ければ自分が自分である証拠となるし、その逆であれば、自分らしく居られていないということだ。

そして、「居心地」を形成する大きな要因となるのが、周りにどんな人を置くかである。それは裏を返せば、どんな人に受け入れられるかということであり、多くの人は無意識に自分の存在価値に紐づけて自分自身でその環境に受け入れられる条件を自分に課すのである。

例えば、どこの職場にいても人に頼まれごとをされて断れない性格の人がいるのではないだろうか。これなんてまさに、自分が受け入れられるための条件を自分に課している典型だと言えよう。

こうして、人に頼まれたことを断らず「良い人」となることで、自分の居場所を確保し、多くの人に受け入れられようとしている人も少なくないわけだが……。

もし、その人が職場という環境に自分が受け入れられるための条件として、

〝人の2倍働く〟

ということを選択している場合、その「良い人」の心の闇は深いわけである。

〝人の2倍働かないと価値のない私はこの環境に受け入れられない〟

そんな思い込みが無意識に働き、人からの頼まれごとを嫌な顔をせずに引き受け続け、結

局、自分の居場所を確保するために取った行動が、自分の居場所を窮屈にしている最大の原因になっているのだから！

とはいえ現在の日本の社会には、こうして自分の居場所を確保するために、自分を窮屈な場所に追い込み、そして、自分の居場所をなんとか確保している人は多い。

いつも自分という存在を受け入れて貰うための条件を探しては、
その条件を満たすための努力を必死で行い、
自分はこの環境に存在するための条件をしっかりと満たしているのだろうか？
といつも不安な気持ちでいっぱいになる人が多発しているのである。

「恋人のために尽くし過ぎてしまう人」は恋人に尽くすことが恋人の隣という環境に居場所を作るための条件だと思い込んでいる。

「誰かの頼まれごとを断れない人」はその頼まれごとを引き受けるのが相手と良好な人間関係を築く上での条件だと思い込んでいる。

「自分よりも他人を優先させてしまう人」は他人を優先させることが相手が誰であれ良好な人間関係を築く上での条件だと思い込んでいる。

「ルールや規則を厳格に守ろうとする人」はルールや規則を厳格に守ることがその環境に居場所を作るための条件だと思い込んでいる。

9. 顎（アゴ）さえなければ

人はこんな風に誰もが無意識に、自分が選択した環境の中で居場所を作るための条件を、自分の存在価値とその環境の中での大いなる前提と照らし合わせて模索している。

ただこれ自体は環境に順応しようとする本能であり、問題ではない。

その本能が、強く働き過ぎてしまうこと。それが問題なのである。なぜならそうなった時、人は自分の心を自分で傷つけ、時には粉々にしてしまう程の狂気に支配されてしまうことがあるからだ。

そんな状況に陥った状態こそ、強迫性障害の反応である。

そう愛菜は定義づけていた。

こういった定義付けや心理的なメカニズムを体系立ててブログや本にまとめ、その内容に関連した講演活動やセミナーなどで多くの人に伝える。それが、愛菜の大きな仕事の1つだった。そして、この働き方に、愛菜は使命感と誇りを持っていた。

だから愛菜にとっての友哉からのDMは彼女の胸を熱くさせるものだったのである。

ただそれと同時に、友哉のような感謝のメッセージを受け取るたびに、愛菜は自分の中に未消化である問題が浮き彫りになるのを感じてはモヤモヤするのだった。

「有野先生お待たせしました。ちょっと前の打ち合わせが長引いてしまいまして」

銀座のミスタカフェという少し小洒落たカフェで愛菜が待ち合わせをしていたのは愛菜

の2冊目の書籍の編集担当をするLOVELY出版の都倉誠一。

入社歴5年目の30歳。

高身長に適度に鍛えられた肉づきの良いカラダ。

ボディラインを綺麗に魅せるコーディネートのせいで妙な色気を醸し出している。

そんな都倉は、ファッションも、髪型も、顔も、イマドキを感じさせる出版編集者には見えない容姿をしている。

違う著者の出版記念パーティーで隣の席になった2人はある話題で盛り上がったことがキッカケで2冊目の本を一緒に、という話の流れとなった。

この日は愛菜の2冊目の本の方向性を決める初回の打ち合わせの日。


「仕方ないわよね。若いのに売れっ子の著者さんを担当してらっしゃる都倉さんにこうやってお時間頂いて、担当して貰えるだけでも光栄よ」

愛菜は、30歳という若さで担当した本を何作もヒット本にしてきた都倉に敬意を込めて言った。

「いやいや、僕は綺麗事を抜きに大衆心理のトレンドを読むのが好きなだけで、ウチの会社のエース級の編集者の先輩方みたいに自分のカラーみたいなモノがないから社内では結構弄られてますよ。

都倉の仕事は、編集者というよりまるで投資家だね。みたいな感じで。

「はははは」

自己卑下しながらも〝そんな自分が大好きです〟というのが都倉の顔からは滲み出ている。

「自己肯定感が強い人の自己卑下」と、「自己肯定感が低い人の自己卑下」とは表情に表れるものがまるで違うのである。

「そんな投資家のように先見の明のある都倉さんに私みたいに出版ブランクのある人間が声をかけて頂いたってことは、今回の本は何か勝算がおありになるのかしら？」

愛菜の言う〝出版ブランク〟というのは、前の本からしばらく本が出ていない状態のことを言う。

愛菜の本が出版されたのはもう5年も前のこと。

Bermuda BLOGで月間200万PVを記録していた人気のブログ【ありのままnoありのまま】にて愛菜が書きためてきた心理学の専門知識をそのままのタイトルで出版した本は10万部を超えるベストセラーを記録したのである。

「いやぁ、実際先生にお会いしてブログや書籍の印象と良い意味でギャップを感じまして、これは絶対にいけると感じたんですよね。

まぁ、生意気言いますと編集者としてのカンと言いますかなんと言いますか。顔出しをされてても動いてる先生の動画ってネット上に1本も上がってないじゃないですか⁉　先生がこんなにもユーモアがおありの方だなんて想像してませんでした」

愛菜のブログのアクセス数、本のセールス数など何を取っても心理カウンセラーの中ではダントツの数字を誇っていたのにも拘らず2冊目の本が出なかった理由は、文字媒体が中心だった自己啓発や心理学の業界が、動画媒体中心へと大きくシフトしたからである。

その時代の変化の煽りを受けて、愛菜のブログのアクセス数がどうのこうのではなく、Bermuda BLOG全体のアクセス数が年々凄い勢いで下降していったのだ。

文字の情報よりも人となりが伝わる動画媒体にユーザーがどんどんと移行したのはこの業界に限ったことではない。

グルメ系、ビジネス系、投資系、ライフスタイル系、様々なジャンルにおいて文字媒体での結果を大きく残したいわゆる〝書く発信者達〟は動画での発信にシフトするかどうかの決断を迫られることになった。

もちろん文字媒体での勢いのままに動画にシフトしてさらに人気者になった発信者も少なくはなかった。

だが愛菜はその選択をしなかったのである。

いや厳密にいうとその選択ができなかったのである。

自分の容姿へのコンプレックスが邪魔をして。

9．顎(アゴ)さえなければ

顔のコンプレックスの原因になっているのは、その出っ張った顎であった。

目はパッチリというほどではないが、可愛らしい二重まぶたをしているし、鼻も口も女性らしさを感じる大きさやカタチをしている。

それこそマスクさえしてしまえば美人に見える顔である。

しかし初対面の人の視線を必ずひきつけるその立派な顎が、愛菜の容姿を台無しにしていたのであった。


そんな愛菜はもちろん学生時代はその顎のことをかなり弄られてきた。

愛菜が教室で眠たそうな顔をしていると、男子達が走ってきて、

「元気ですかぁ――――!?」とプロレスラーのモノマネが耳元で繰り広げられる。

催し事でカウントダウンのかけ声をする際には、

「イチ・ニィ・サン」のタイミングでまた男子達が走ってきて、愛菜の手を取り、

「ダァーー」と一緒にやる。

〝イジメまではいかず、あくまでイジリ〟

それが教室全員の共通認識だった。

しかし、この出来事は、愛菜の心にしっかりと深い傷を刻んだ。

教室の中では笑いが起きていたし、中にはそのおかげで親しみの目を向けてくれたクラ

スメイトもいた。ただ中には愛菜の存在を見下し、虐げるような目を向けてくるクラスメイトも少なからず存在したのだ。

愛菜は自らその顎を使ってプロレスラーのモノマネを披露したり、変顔をすることで、クラスでイジメられないようにした。そうすることでしか、自分の身の守り方がわからなかった。

そうやって、自分の忌々しいコンプレックスを、自己のユニークなパーソナリティとして受け入れることを自分に課してきたのである。

この学生時代に培ったコミュニケーションの戦略は、大人になってからも何1つ変わらなかった。

愛菜は心理の専門家であるが故に、この戦略はただのポジティブシンキングでしかなく、完全に自己を受容できていたわけではないことを非常によく理解していた。

だからこそ愛菜はこの戦略をなるべく使わなくても良い状況をこれまで選択してきたのだった。

それこそ、動画に出演しない選択をしたこともそう。少しでも人前に自分の容姿が晒されないように愛菜は生きてきたわけだ。

もちろんこういった愛菜の本音は公表しなかった。

愛菜と愛菜の身近なスタッフ達だけの秘密だったのだ。

9. 顎(アゴ)さえなければ

「あの時はお酒も入ってたから少し饒舌になっていただけよ。それに都倉さんが話を膨らませるのがお上手だから私もついつい調子にのっちゃったのよね。

あの時なんの話してましたっけ⁉

あぁ‼　そうだ。美容整形の話してたわよね」

〝ありのまま〟を信念に心理カウンセラーとして活動してきた愛菜は「美容整形」に依存する女性達の存在を以前から問題視してきた。

そのことに注目していた都倉はパーティーの席で隣になった愛菜にまるで取材をするようにその話題をふったのであった。

「そうなんですよ。先生が、

『整形丸出しの顔で外を歩いてる女は、

〝私は自分を含めて人を外見でしか評価できない馬鹿なんです〟

って表札持って歩いてるようなもんよ』

とおっしゃってたのがめちゃくちゃ面白いなと思いまして。

それに

〝ブスがブスのままで何が悪いんじゃい‼

私を見習え‼　おめーら。

私をぉぉ、見ろぉーー‼〟

って顎を使った変顔をされてて、あれ先生の持ちネタですか？

もう同じテーブルにいた方みんな大爆笑でしたよ」

都倉がそう言ったのを聞いて愛菜はゾッとした。

愛菜はお酒が入ると口が悪くなるのである。そして学生時代に培った自虐の戦略が発動するのだ。

もちろん愛菜は自分が自分の考えをどんな言い回しで表現していたのか、そんな細かいことは覚えていない。

「……私、酔ってそんな変な言い方してましたか⁉

確かに自分の内面的な魅力に目を向けることはとても大事ですし、それが上手くできない女性が美容整形に依存する傾向があるというのは事実です。そもそも、この自分の内面的な魅力に目を向けられるかどうかって1つの知性なんですよね。そう捉えると、整形依存に陥る女性は、誤解を恐れずに言うと馬鹿ってことになります」

愛菜は慌てて自分の酒の席での失態をフォローした。その様子を見て都倉はつまらなそうな渋い表情をしている。

「先生。もうそういうオブラートに包んだような表現止めませんか？

お酒の入った時の先生の使われていた直接的過ぎるほどの言葉を使った方が、周りの人の心を動かせると思いますよ。

〝これがありのままを超えたありのままじゃ‼〟

みたいな表現の方が迫力が感じられて凄い良かったです。

まぁ表現のことはさておき先生には容姿のコンプレックスをテーマにした本を書いて欲しいんですよね。

容姿のコンプレックスについて、心理学を使って克服する本。

これ仮タイトルなんですけど……」

そう言って都倉がテーブルの上に差し出した企画書には

【(仮) ブスのままで愛される】

と大きく印字されていた。

愛菜はギョッとしたまま、固まって言葉を失っていた。

そのタイミングで女性店員が席にやってきた。

「お客様、まだご注文お済みでなかったですよね⁉　いかがされますか？」

カフェでの打ち合わせでありきたりなミスをしてしまったことに少し恥ずかしそうな表情を浮かべる都倉。

「あぁ、そうだウッカリしてました。じゃあアイスコーヒー1つブラックで下さい」

都倉のこの表情に、少し冷静さを取り戻した愛菜は、企画書に対する自分の意見を述べ始めた。

「【(仮)ブスのままで愛される】ってまた攻めたタイトル案の企画書ですね。

ブスのままでも

ではなく、

ブスのままで

というところがさすが都倉さんって感じがしますね。『も』を入れると、〝他にもっと愛されるために有効的な選択肢はあるけども、ブスでも愛されることは可能ですよ〟

っていう妥協案的な印象を与えてしまいますもんね。

だから、『も』を抜くだけで他にもっと愛されるために有効的な選択肢があっても私は自らの意志で〝ブスのまま〟を選択するというポジティブな主体性が感じられます。

つまりは私にブスで在ることを全肯定する本を書けっていう意味ですよね!?」

愛菜はなぜ都倉がその本を書く役割に自分を抜擢したのかを自分なりに解釈して、率直な意見として都倉に伝えた。

もちろんこの時愛菜は別軸で、自分の本音と向き合っていた。

なぜなら、恐らく都倉は容姿のコンプレックスの問題を愛菜が完全に自己受容することに成功し乗り越えているという評価をしているし、その間違った評価を元に愛菜にこうして企画を持ってきたわけだから。

そんなわけで、愛菜の頭の中には、もちろん正直な現状を打ち明けそのオファーを断る選択肢が浮かんだ。

しかしこの後愛菜は、全く違う選択をすることになる。

「そうなんですよ。先生はご存じかも知れませんが今〝ルッキズム〟という言葉が世間に広まっています。

それに、我々の業界自体も文字媒体から動画媒体に比重がシフトチェンジしたことで〝ルッキズム〟に基づいて動いているような気がするんです。

ここ5年で売れっ子になったカウンセラーさんって結局はそこそこ容姿の良い人ばかりで、昔みたいに容姿がイマイチの方はやっぱり活躍し辛い時代になってきてるなって感じます。

文字媒体の時代は容姿よりも文字から伝わる知性が評価されてましたが、もう完全に逆転しちゃったんですよね。

知性より容姿。まさにルッキズムの時代なんですよ。

でもちょっと正直、行き過ぎなんじゃないかなって思う部分があるんです。

そこで先生の知性をお借りして、何かこの流れを大きく変えるような本を作れたらと思っているんです」

都倉のその真剣な様子に愛菜はとても熱いものを感じた。

都倉には編集者として必要な強い芯がある。

社会の流れを読む必要はない。なぜなら、社会の流れを本で創ればいいから。そういう強い意志が都倉にはあるのだ。

そしてさっきまで愛菜の中にわずかばかり残っていた躊躇は、都倉のこの発言でどこかへ吹き飛んでしまった。

「ブスじゃないと書けない本、絶対に書いてやりますよ。

正直私にとっても書くのに、勇気のいるテーマだけども都倉さんのおっしゃることを私もこの5年間ずっと感じてきました。

是非やらせて下さい」

愛菜はあっさり覚悟を決めた。

「先生ありがとうございます。一緒に良い本作りましょう。

良かった。引き受けて貰って。

僕も正直このオファー自体失礼かなって思う部分もあって。

でも先生ならきっと前向きに解釈して下さると信じていました。

では、さっそく1つお願いしたいことがあるんですが良いですか？」

都倉の声のトーンが一瞬上がって、その後またすぐ下がった。

その声から、「もう1つ言わなくてはいけない」という切実さが愛菜に伝わった。

愛菜は、「何をお願いされるんだ!?」と緊張状態に陥り、大きく唾を飲み込んだ。

「できれば先生にi tubeチャンネルを開設して欲しいんですよね。

ウチの出版社の方でチャンネル運営や動画の企画の立案は全てさせて貰いますので、2冊目の本のプロモーションを動画でできるように準備していきたいんです。

そこで今売れている人気のカウンセラーさん達と先生で、ルッキズムや美容整形についての考え方について対談をして貰ったら、もっと多くの方に先生の素晴らしさを知って貰えると思うんですよね」

ずっと動画での発信を避け続けてきた愛菜にとってはすぐに判断をするのが難しい提案であった。

愛菜には2つ大きな心配事があった。

1つは今まで隠してきた醜い容姿が多くの人に晒されること。

ブログに載せる写真は加工したり、
写りがあんまりな写真は載せなかったり、
容姿の情報に対する誤魔化しが利く部分が沢山あった。

現に愛菜のブログのプロフィール写真も、プロのカメラマンが撮った奇跡の1枚。

しかし動画はそうはいかない。

そしてそれより深刻なもう1つの心配事は、容姿のコンプレックスを自己受容できていない現実が自分を信頼しているファン達にバレてしまうことである。

自己受容のバイブルとも言える【ありのまなnoありのまま】は結局は綺麗事を並べ立てているだけのブログだった。

そんなハリボテの存在がバレてしまうことを愛菜は何よりも一番恐れていたのである。

強張った表情で沈黙する愛菜の様子を見て何かを察した都倉がフォローをする。

「先生、もちろんこの5年間動画の発信をされてこなかったのには色々と理由がおありと思います。

その理由を根掘り葉掘り今僕が聞くのも失礼だと思うのでそれはしませんが、これだけは言わせて下さい。

先生の魅力を多くの人に知って貰うお手伝いを誠心誠意、僕とウチのLOVELY出版の方でさせて頂きますので信頼して欲しいんです。

先生お1人では向き合えなかったこと。

先生お1人では乗り越えられなかったこと。

あの時一緒にプロジェクトをやったから前に進めた。

そんな風に振り返れる先生の未来を僕は勝手ながらイメージしてますので」

その言葉が口先だけのものでないことはもちろん心理カウンセラーの愛菜には十分に伝わった。

何かに対する強い想いを表す、

真剣な眼差し、

引き締まった口もと、

力強い声のトーン、

そんな言葉以上の言葉のチカラに再び愛菜の気持ちは熱くなるのであった。

「ありがとう都倉さん。

あなたにはひょっとして私のこと、色々と見透かされちゃってるかも知れないわね。

その上でそんな風に私の未来を肯定的に考えて下さって本当に嬉しいわ。

でもやっぱり今日すぐにお返事できそうもないので、少しだけ時間を下さい。

良いお返事ができるようにちゃんと自分と向き合ってみるから」

この日の打ち合わせはここで一旦打ち止めというカタチで2人は解散した。

この機会に自分の中の未処理の問題と向き合うのか⁉

この先に起こることを想像すると逃げ出したくなる不安な気持ちをそのまま受容するべきなのか⁉

愛菜は数日間この葛藤と向き合うことになる。

これがクライアントからの相談だったとしたら、私はカウンセラーとしてどんな言葉をかけるだろうか？

愛菜はそんな問いを考えては自分自身が一番大きな心の問題を拗らせた重症なクライアントであることを痛烈に自覚するのであった。

10．痩せ我慢の民

「初めましてi tuberの星井奈々です。今日はよろしくお願いします。

私ずっと愛菜さんのブログを読んで育ったんです。

もう愛菜さんのブログのノート作れるぐらい読みこんできたんで、今日コラボできるなんて本当に夢みたいです」

感激した様子で愛菜に駆け寄ってきたのは星井奈々、33歳。

彼女の肩書きは「願望実現プロデューサー」。

脳科学や心理学の知識を活かしてあなたの願望叶えます系の発信者だ。

奈々がi tubeでチャンネル登録20万人を超える人気者になった理由は、

〝全ての欲に一切のジャッジをしない〟

という彼女の信念とその信念のままに破天荒で型破りな彼女の生き様に、多くの視聴者がクギづけになっていたからである。

親友の彼氏だった男を好きになって躊躇なく熱烈アピールしてそのまま略奪婚したり。

「美味しい‼」と感動したイタリアンのシェフを口説き落として自分のプライベートシェフとして引き抜いたり。

出たいと思ったテレビ番組には自らがスポンサーになることで「出演枠」を買い取って出演したり。

欲しいと思ったら、その欲しいと思うことに一切のジャッジをしないというシンプルでわかりやすい思考法が多くの人の支持を受けてきた。

そんな奈々にはもちろん山のようにアンチがいた。

しかし奈々はアンチのことを「自分の欲望を倫理観でジャッジして抑え込む人達」と定義づけし、〝痩せ我慢の民〟と命名していたのである。

ライブ中にアンチがコメントすると、熱狂的信者達が、

「でたぁー〝痩せ我慢の民〟」

と騒ぐ始末で、奈々にとってはアンチからの倫理の押し付けのアンチコメントは痛くも痒くもなかったのである。

奈々のそういう堂々とした立ち回りにアンチだった〝痩せ我慢の民〟がファンに宗旨替

えするという現象が日常的に起こっていた。

そしてもう1つの彼女の人気の秘密はその美しい容姿にあった。

〝願いが叶うなら菜々さんみたいに顔が小さくなりたいです〟

〝願いが叶うなら菜々さんのように整った顔になりたいです〟

といつもi tubeのコメント欄は奈々の容姿を羨むコメントで溢れかえっていた。

そんな星井奈々のi tubeチャンネル名は、

【ホシイナナnoホシイナラ】

と愛菜のネーミングセンスを真似たことが丸わかりの名前だった。

そんな憧れなのかライバル心なのかよくわからないスタンスが剥き出しの星井奈々と、その標的である有野愛菜がi tubeのコラボ撮影をすることになったのである。

2人を繋ぎ合わせたのはLOVELY出版の編集者都倉誠一であった。

都倉は愛菜から「i tubeを始める心の準備ができた」と連絡を受けてから急ピッチで今人気のi tuberを探したのである。

動画露出のなかったレジェンドブロガーのi tubeでのビジュアル解禁ライブはもちろんどのチャンネルにとっても話題になることは間違いない。

ただ情報というのは鮮度が命。
つまりは業界内で我先に愛菜とのコラボ動画を撮りたいと思うi tuberは多いわけである。
そこで都倉は自分が書籍の担当をしているi tuberの中でも、
都倉と特別関係性が深いという前提や、
愛菜のファンであるという前提、
そして何より容姿が綺麗であるという前提、
この3つの前提を満たしている星井奈々を最初のコラボ相手に選んだのである。

「ありがとう奈々ちゃん。

私もいつも楽しく奈々ちゃんのi tube観させて貰ってます。

本当にやることがクリエイティブよね。

さすが動画クリエイターって感じで頭が下がります。

私は動画初心者だから色々教えてちょうだいね」

自分の時代とは違うカタチで幸せに生きるための心の在り方のナビゲートをしている奈々に、愛菜は敬意を込めて挨拶をした。

そして2人が言葉を交わす瞬間を側で見守っていた都倉が割って入る。

「ついにお2人がコラボするんですね。

キャラも主張の仕方も個性も違いますけどお2人が大切にされている考え方とか信念は

親和性があると思うんですよね。
絶対今日のコラボ盛り上がりますよね」

と漏らす都倉。

しかし、都倉にはこの発言とは別に共演する2人には隠している思惑があった。

都倉が本当に楽しみにしていたのは、美醜に対する価値観が真逆の心の専門家同士が「美容整形」について議論することであった。

「美容整形推進派」の星井奈々。奈々は整形に対する偏見はとても古い価値観でその行為を否定しているブスは〝痩せ我慢の民〟の典型例だと主張する。

片や、「美容整形反対派」の有野愛菜。愛菜は全ての人が美しく在る必要なんてない。環境が求めるパーソナリティや個性は環境が決める。ブスには美しさを求められない幸せな環境が必ず用意されている。それなのにそのことが見えず、美醜の格差レースに巻き込まれることにより整形依存に陥ってしまうと主張する。

この全く考えの違う2人が「美容整形」について議論するi tubeライブが配信されるわけだ。盛り上がらないはずがない。都倉はそう確信していたのである。

そして対談相手がどんなに尊敬する有野愛菜であっても一旦議論が始まってしまえば一

切遠慮をしない。それが星井奈々の最大の魅力であることを都倉は理解していたのである。

また一方で、最初の動画撮影にしては少しハードルが高いが、伝説的な数字を文字媒体で残した有野愛菜ならきっと怯むことなくありのままの哲学を披露してくれるだろうと都倉は期待していた。


ひょっとすると今まで星井奈々に〝痩せ我慢の民〟とレッテルを貼られ、切り捨てられた多くの人の鬱憤を晴らせる場面が今日の配信で見られるかも知れない。

そんな期待すら都倉は抱いていた。


とはいえ、2人には「美容整形をテーマに議論をして欲しい」こと以外は一切何も伝えておらず、もちろん議論がどう展開するかは都倉にもわからなかった。


時刻は21時を迎え、いよいよ2人のi tubeでのコラボ配信が始まった。

「皆さんこんばんは。ホシイナナnoホシイナラ。

今日は特別ゲストを迎えて緊急でライブをすることになりました。

ご存じの方も沢山いらっしゃると思いますが今日ゲストにお越しの有野愛菜さんは私、星井奈々が一番強く影響を受けたブロガーさんなんです。

私の視聴者さんでも昔愛菜さんのブログ読んでたって方多いんじゃないかな。

10．痩せ我慢の民

みんないっぱい影響受けたよね!?

そんなブログで大人気だった有野愛菜さんが、ついに、ついに、ついに!!

このたびi tubeチャンネルを開設されるということで、なんと最初のコラボの相手に私、星井奈々を選んで下さいました。

非常に!! 感激しております。

あっ、私ばっかり興奮して話していても仕方ないので改めてご紹介させて下さい。

本日の特別ゲスト、有野愛菜さんです」

愛菜に対する好意や尊敬に満ちた奈々の紹介のおかげで愛菜にとって、とても話しやすい状態になった。

「奈々ちゃん。素敵なご紹介ありがとう。

皆さん初めましてで心理カウンセラーの有野愛菜です。

全然動画での発信をしてこなかったから知らない人がほとんどだと思います。

今までBermuda BLOGで自己肯定感と自己受容感の違いやバランスの取り方について文章で発信してきました。

私は、奈々ちゃんが普段発信されている、

〝全ての欲に一切のジャッジをしない〟

というのも1つの自己受容の方法ですが、それとはまた違った自己受容の方法を今まで多くの人に発信してきました。

もちろんどちらが正しい、間違っているということはありませんので今日は奈々ちゃんのファンの皆さんの中で、

〝全ての欲に一切のジャッジをしない〟

ということは頭ではわかっているんだけど、どうしてもジャッジが入ってしまって中々それが上手くいかないという方に新しい視点を渡せたら嬉しいなと思ってます。

私も奈々ちゃんのi tubeでの体当たりな発信のファンで本当に楽しくいつも拝見しております。

奈々ちゃんは奈々ちゃんにしかできない生き方で多くの人に気づきを与えておられる素敵な方だなって印象を強く持っています」

褒め言葉が褒め言葉として効力を持たないということは少なくない。

ゲストに呼んでくれた奈々に敬意を込めながら話したつもりの愛菜だったが冒頭から奈々の地雷を踏んでしまったのであった。

奈々の表情はわかりやすく曇り始めた。

奈々は愛菜が言ったような、〝奈々にしかできない生き方〟と言われることが大嫌いだったのだ。

なぜなら奈々は、

〝全ての欲に一切のジャッジをしない〟

という生き方に再現性があると強く信じて活動をしてきたからである。

だから、奈々にとって〝奈々にしかできない生き方〟と言われることは相手が誰であれ再現性を否定されたように感じるのであった。

そして奈々の表情が曇ったのにはもう1つ理由があった。

「自分の生き方に対する再現性を否定されるのが嫌いである」という事前情報を愛菜が持たずにここにやってきたことに失望したからである。

さっき言った、

〝楽しくいつも拝見しております〟

というのはうわべの発言だったことが透けて見えてしまったわけだ。

もちろん動画での発信を仕事にしていると、売名目的であまり自分のコンテンツに敬意や愛のないままに近寄ってくる発信者は多い。

ただその相手が自分の尊敬していた有野愛菜だったことが奈々の心にダメージを与えたのであった。

〝ずっと憧れていたあの有野愛菜が自分の発信を見てくれている〟

そんな幻想を持って今日のコラボ配信のオファーを引き受けた。

幻想が本当にただの幻想だと理解した奈々にとって愛菜と言葉を交わす前提が大きく変わってしまうことは必然だった。

強い好意というのはその好意を向けた相手から裏切られたと感じた瞬間に敵意や悪意に反転してしまうのである。

「わぁ、ありがとうございます。愛菜さんに観て頂いてたなんて本当に光栄です。

と言いますか愛菜さん、お会いしたら絶対に聞きたかったことを早速お伺いしたいのですがいいですかあ？

あれだけ文字のブログで人気を誇っておられた愛菜さんがこれまで動画での発信をされなかったのって何か特別な理由がおありなんですか⁉」

この意地悪なことに一見気づかれにくい意地悪な質問にはたっぷりと奈々の悪意が込められていた。もちろんこの時点ではその質問に悪意がこもっていることにも、自分が奈々の地雷を踏んでしまったことにも愛菜は気づいていない。この質問にも実直に答えた。

「そう、それ、よく聞かれるんだけどね。
動画の発信って文字の発信よりも大変じゃない⁉
細かい編集が必要になってきたり、
撮影するのに身なりを整えたり、
自分が言いたいことを伝えるための労力や時間的なコストが文字で発信するのと明らかに違うのよね。
まぁ、それも頑張って動画で発信されている皆さんからすると言い訳なのかも知れないけどね。

郵 便 は が き

料金受取人払郵便

新宿北局承認

9181

差出有効期間
2026年 1 月
31日まで
切手を貼らずに
お出しください。

169-8790

174

東京都新宿区
北新宿2-21-1
新宿フロントタワー29F

サンマーク出版愛読者係行

ご 住 所	〒 都道府県	
フリガナ		☎ ( )
お 名 前		
電子メールアドレス		

ご記入されたご住所、お名前、メールアドレスなどは企画の参考、企画用アンケートの依頼、および商品情報の案内の目的にのみ使用するもので、他の目的では使用いたしません。
尚、下記をご希望の方には無料で郵送いたしますので、□欄に✓印を記入し投函して下さい。
□サンマーク出版発行図書目録

1 お買い求めいただいた本の名。

2 本書をお読みになった感想。

3 お買い求めになった書店名。

市・区・郡　　町・村　　書店

4 本書をお買い求めになった動機は?

・書店で見て　　・人にすすめられて
・新聞広告を見て（朝日・読売・毎日・日経・その他＝　　）
・雑誌広告を見て（掲載誌＝　　）
・その他（　　）

ご購読ありがとうございます。今後の出版物の参考とさせていただきますので、上記のアンケートにお答えください。**抽選で毎月10名の方に図書カード（1000円分）をお送りします。**なお、ご記入いただいた個人情報以外のデータは編集資料の他、広告に使用させていただく場合がございます。

5 下記、ご記入お願いします。

ご職業	1 会社員（業種　　）2 自営業（業種　　） 3 公務員（職種　　）4 学生（中・高・高専・大・専門・院） 5 主婦　　6 その他（　　）		
性別	男・女	年齢	歳

ホームページ　http://www.sunmark.co.jp　ご協力ありがとうございました。

10. 痩せ我慢の民

本音を言うと沢山の人に知って貰って初めての本が10万部を超えてちょっと満足してしまったのかも知れない。

奈々ちゃんのような新しい人が動画からドンドン出てきて……もう私の出番は終わったのかも、なんて思ったことも正直あったしね」

そういうオブラートに包んだ表現を愛菜が得意とすることを奈々はよく知っていた。

「わかります。私もi tubeで登録者10万人超えて数字が伸びにくかった時ちょっと休みたいなぁとかって思いましたもん。満足したことにして。

でもそういう時に本当は満足してないのに満足したことにしちゃう人っているじゃないですか!?

なんかもっともらしい屁理屈を捏ねて自分の向上心とか欲とかを否定して、挙句の果てに他の人の向上心とか欲も否定し始めて。本当はその欲と向き合えない理由があるはずなのに。

私はそんな風になりたくなかったんですよね。真っ直ぐ欲に向き合える人でありたかったので。

あっ愛菜さんのことを言ってるわけじゃないんですけどね。ははは」

〝仕掛けてきたな！〟

愛菜はハッキリとこの発言の中に奈々の敵意があることを感じ取った。

もちろんこういう展開になる可能性も想定してきたが、思ったより早く奈々が自分に敵意を向けてきたことに少し戸惑っていた。

「さすが奈々ちゃんね。痛い所を突かれたわね。確かに私は自分の欲を抑えこむために満足したフリをしていたのかも知れないわね。

でも仮に自分の欲とか願望に上手く向き合えない時に、〝今はその問題と向き合いたくない〟っていうネガティブな意見を尊重して受け入れてあげるのも立派な自己受容なのよ。

嫌だ、

怖い、

無理、

って言ってるのを受け入れて待ってあげると、〝嫌な時は嫌って言っていい〟って安心感や信頼感を自分に与えてあげることに繋がるの。

この信頼や安心がないままに理想を追いかけることはどんなに優秀な人であっても精神的には危険よ」

このやり取りが美容整形の話になる前から2人の主張している哲学には違いがあるということをライブを観ている視聴者に強く印象づけたのであった。

コメント欄には、

〝その人、奈々さんが尊敬してる人じゃなかったの⁉〟

〝いや尊敬してた人の間違いじゃね〟

〝相手が誰でも真正面から自論をぶつけるのが我らが奈々さんの良い所〟

〝ババア、言ってることムズ過ぎ‼〟

などの奈々信者がざわつき始めた様子がうかがえた。

「じゃあ愛菜さんはさっき嘘をつかれたんですね。

その理屈で言えば愛菜さんが5年も動画で発信するのを避けてきたのって、動画で発信することに対して、
嫌だ、
怖い、
無理、
って言ってるのを受け入れて待ってあげてたからってことになりませんか⁉

もしそうだったとして今嘘をついたってことは愛菜さんの中で何か受け入れたくないものや、自己の中で受容できないものが何かおありだってことじゃないですか？」

重箱の隅をつつくような奈々の粗探しは愛菜にとってもはや恐怖だった。

「奈々は言葉では誤魔化せない」

そう気づいて、愛菜は心の準備ができていないうちに自分にとって不利な環境で深い自己開示を迫られることとなった。

この様子をカメラの向こうで観ている都倉誠一はこの場面がやってくることを想定して

いた。
そしてここからアウェイの環境で心理カウンセラー有野愛菜が底力を見せつける。
そんな場面を都倉はイメージしていたのであった。
愛菜は都倉が自分の方を見て頷きながら力強い視線を送っていることに気づいた。
愛菜は都倉の方に頷き返して心の中でこう唱えた。
〝私ならきっと大丈夫〟

「奈々ちゃんの言う通りよ。認めるわ。
容姿にコンプレックスの強い私は動画に出るのが怖かった。
世の中には容赦なく見た目の誹謗中傷をする心ない人も沢山いるから。
だから奈々ちゃんの言う通り、私はわざわざ容姿の良い、悪いが評価の中心になる動画媒体の環境に自分の身を置く選択はしなかったのよ。
さっきも言ったように、
嫌だ、
怖い、
無理、
って言ってる自分をちゃんと受け止めて待ってあげることを私は大事にしてきたから。
これが私が動画で発信をすることを避けてきた本当の理由よ。

どう、これなら納得して貰えるかしら？」

その愛菜の発言にまだ納得しない様子の奈々。しかし、これ以上突っ込んでは自分が損をすると踏んだのだろうか、流れを切り、今日のトークテーマである〝美容整形〟の話題に繋げた。

「愛菜さんが容姿のコンプレックスにそんなに振り回されているのは意外でした。それこそ今日皆さんに告知しているトークテーマである美容整形とかお考えにならなかったんですか？

失礼かも知れませんが私が愛菜さんだったらその顎、迷わず整形でなんとかします。だって5年もウジウジ悩むぐらいならそっちの方が早くないですか⁉」

〝失礼かも知れませんが〟という前提は1ミリも本心でないことは言うまでもなく、星井奈々節が炸裂していた。

この奈々の発言により信者達のコメント欄への書き込みは激化した。

〝そうだ、その顎切れば一瞬で悩みは解消される〟

〝顎さえなければ愛菜さん凄い美人だと思います〟

〝元気があれば顎さえ削れる〟

そのコメントを見た愛菜は奈々のチャンネルの視聴者の民度が低いことを改めて理解した。

〝まともな話をしても絶対に通じない〟

この絶望的な状況に愛菜は言葉を詰まらせた。しかし考えた結果、まともな話をする以外に愛菜に残された手段はなかった。

〝全ての人に伝わらなくても良い〟
〝誰か1人でもこの話で救われる人がいたらそれで良い〟

追い詰められた愛菜はダメ元で真剣に容姿のコンプレックスへの自分の思う正しい向き合い方について話すことを決めた。

「もちろん美容整形でこの顎を切ったり、削ったりするというのも1つの解決方法だったかも知れない。

でもその解決方法を選択することには1つとても大きなリスクが付き纏うの。

それはこの顎を切ってもコンプレックスは解消されない可能性があるということ。

顎を切っても今度は目のカタチが気になる。

顎を切ってもおデコのカタチが気になる。

顎を切っても必ず他のどこかが気になる。

そして何も心の状態は変わらないまま

〝未だ自分は不十分である〟

という前提で自分のことを観てしまう。

特に女性はね。

〝綺麗になる努力をしなければ、その存在価値を認めて貰えない。

自分からも。他人からも〟

この強烈な思い込みの中を生きている美人が私は幸せだとは思えないのよ。

現に私の所にはもう十分に綺麗なのに整形手術を繰り返す整形依存のクライアントさんや、無理なダイエットを繰り返して摂食障害を患っているクライアントさんが沢山やってくる。

だから私は綺麗になる努力をしなくても、自分の存在価値を見出す心の目を養うことをずっとずっと大切に啓発してきた。

容姿に恵まれなかった人は、綺麗であること、可愛いことよりも、きっともっと大事な才能や長所を自分らしさとして持って生まれてきてる。そこをちゃんと自分が見つけてあげることでしかコンプレックスは解消されないと私は今でも思うのよ。

ただ容姿に恵まれなかった人というのは、容姿が良い人に比べてその才能や長所を見つけるのに苦労することも多いけどね。

でもそのことで心の知性や心の目が容姿に恵まれた人より磨かれるの。

どっちが良いというのは恐らく自分が選択して生まれてきているのよ。

私の場合もそう。

だから私はこの顎には感謝してるの。この顎のおかげで人よりも心の知性や心の目が発達したと思っているし、それが私の個性だと思っているから」

最初のコミュニケーションでの食い違いさえなければ、この愛菜の見事なまでの自己受容に関する主張に奈々も強く共感していたかも知れない。

しかしその食い違いが愛菜の主張の盲点たる部分を奈々に指摘させてしまうのであった。


「なるほどですね。さすが、愛菜さんです。

もちろん、顎を切っても今度は目のカタチが気になる。

顎を切っても今度はおデコのカタチが気になる。

顎を切っても他に色んな所を切り刻んでも幸せになれないって人もいると思います。

でも私はその欲望の愚かさに整形することでしか気づけない人も少なからずいると思うんですよね。

ていうかどこで気づくかは人それぞれですが、大抵の場合は愚かな欲を追いかけて、追いかけてドン底を見た時に人は閉じていた心の目を開眼するんじゃないかって思うんです。

私はドン底に落ちた時の人間の浮かび上がるチカラといいますか、生命力みたいなモノを信じていますし。

だからそういう意味も込めて私は顎を切った方が良いって思うんです。

もちろんドン底を見た時には手遅れって人もいるかもしれません。だけど私はその状況を避けようとするよりも思いきってその世界に飛び込んだ方が本質に気づくのが早いんじゃないかなって思います。

そしてそういうドン底の時に読むべきものが愛菜さんが書き溜めてこられたブログだと私は解釈しましたし、愛菜さんの思想はある意味では緊急事態での安全装置みたいな解釈をしてました。

愛菜さんがそんなにも先回り主義のリスク回避思考だとは思っていませんでした。

あまり観て頂いてないかも知れませんが……、

リスクを先回りして、

リスクを回避する思考が、

今ある幸せで無理やり自分を満足させようという痩せ我慢の思考の原因になる。

そんなことを私は発信してきたんですよ。

コラボしといて失礼かも知れませんが、今日愛菜さんにお会いして思ったことがあるんです。きっと愛菜さんの自己受容の考え方って、間違って解釈すると、〝痩せ我慢の民〟の養分源になってますよね、きっと。

私は発展的に解釈したから良かったですが……。

そもそも愛菜さんご自身が痩せ我慢の民の部類の方だとは想像もしていませんでした」

このぐうの音も出ない奈々のカウンターパンチに、愛菜は自分の存在を全否定されたような気持ちでいた。

愛菜は頭が真っ白になってしまった。

奈々のこの口撃に、コメント欄はさらに沸いた。

〝ババアのブログ痩せ我慢の民の養分なんや。アカンやん、ウケる〟

〝よっ‼　痩せ我慢のカリスマ‼〟

〝顎切って出直して来いやーババア‼〟

まるで星井奈々の心の声を拡張したような罵詈雑言が並んでいた。


〝整形依存になるかどうかなんて整形してみないとわからない。

もちろん1回の整形で劇的に幸せになる人もいるわけで、あまりにも問題を拡大して解釈し、整形を回避していると、逆に幸せを掴む機会を失ってしまう。

そして仮に整形に依存して苦しんだら、その苦しみのドン底の時に人は人生で一番重要なことを学ぶ〟


この見事なロジックがi tube20万人超登録を誇る星井奈々の人生哲学だった。

この後に何を話したのかを愛菜は殆ど覚えていなかった。

まるでこめかみに強烈なパンチを喰らって一時的に記憶をなくしてしまったボクサーのように。

i tubeの配信が終わるまで心ここに在らずの放心状態のままに時間は流れていった。

この時記憶に残ったのは唯一の味方のはずであった都倉誠一がずっと天井を見上げたまま目を合わせてくれなかったこと。

何度も助けを求めたにも拘らず「君には失望したよ」と言わんばかりに頑なに目を合わせてはくれなかった。

そしてライブ配信が終わると、

〝もう私には話しかけてこないで〟

そんな空気全開の態度をとる星井奈々。

その星井奈々の味方をするように愛菜の存在を無視し続ける都倉。


この時愛菜は自分に何が起きているのか一切わからなかった。

オワコンになりかけていた自分に一筋の光が差したと期待させられた。しかし本当は、トドメを刺すために都倉は今回の本の話や動画の発信の提案、そしてこの星井奈々とのコラボ配信を仕組んだのではと一瞬懐疑的な気持ちにさえなった。

もちろんほんの数分前までは真剣に目を見つめ自分を応援してくれていた都倉誠一がそんなことをするはずはなかったわけだが。

そして追い討ちをかけるようにSNS上では、星井奈々と有野愛菜のコラボ配信で議論されたことが話題になり、とてつもないバズり方をしていた。

言うまでもなく大きく評価を上げたのは星井奈々。

著しく評価を下げてしまったのは有野愛菜。

この対談はこの数年間の「ご自愛ブーム」の闇のシンボルだと揶揄する発信者も少なくはなかった。

この1件のせいで愛菜はすっかり自信を失い、家に閉じこもるようになってしまった。

今まで落ち込んだ出来事があってもその落ち込む感情と上手く向き合う自信までは失ったことがなかった愛菜がだ。

〝落ち込みたい時は落ち込みたいだけ落ち込んで良いのよ〟

そう上手く自分のネガティブな感情を愛菜は受け入れてきた。

しかし、そのプロセスでさえ、

〝あなたは成長に必要な痛みを和らげることで誰かの成長の機会を奪っているのよ‼〟

そんな星井奈々の愛菜を批判する想像上の声が心の中でリフレインされて上手く感情をコントロールすることができなくなってしまっていたのだ。

眠れない日々が続き、食欲もなく、愛菜はドンドン衰弱していった。

目の下のたるみが酷くなり、頬もコケてきたことで、一番のコンプレックスだった顎の出っ張りを強調しているようにも見えた。鏡に映る醜い自分を見て、こんなにも痛烈な自己嫌悪を感じたのは人生で初めてのことだった。

〝自分よりも内面の美しい女はいない〟

その絶対的な自信が今までは自分の姿を美しく鏡に映し出してくれていたことを愛菜は改めて実感したのである。

愛菜は今の自分に、

【ブスのままで愛される】

という本を書く資格はないと判断し都倉誠一に執筆を断るメッセージを送った。

そして本を書く資格だけではなく自らがブスのままで周囲から愛される資格そのものを神様に剥奪されてしまったような絶望感を味わっていた。

もう自分ではどうしようもないこの状況で中々、他人に援助を頼めないのが「心理カウンセラー」という仕事の辛い所であった。

〝自分は心の取り扱い方のプロなんだから上手く自分の心と向き合えないとダメ〟

という強迫観念に苦しんでしまう心理カウンセラーは多いのである。

愛菜にとって自分のカウンセリングが自分自身に通用しなくなったのはこれが初めてのことではない。そんな時にはいつもある人物の顔が思い浮かぶのである。

その人物とは愛菜が心理カウンセラーを目指すきっかけとなった心理カウンセラーである。

大学を卒業して就職したのは、旅行代理店。窓口業務の仕事にも慣れたなと感じたのは就職してちょうど丸2年が経ったぐらいの頃だった。

そんな時期に丈夫だとレッテルを貼ってきた愛菜の心に突然ガタがきた。

職場の飲み会で直属の上司の金田政誠に顔のことを酔った勢いで弄られたのである。

「有野ちゃんは良いね、1回見たら絶対お客様に覚えて貰える顔してるもんね。プライベートは苦労するだろうけど、この仕事では絶対プラスだよね。ズルいよね、その顎。オレも欲しかったなぁー、その顎」

何の悪意もなく上司の金田は愛菜の顎をネタに周囲の笑いをとった。

今までの愛菜であれば、

「いいでしょー⁉　この顎！

仕事にはめちゃくちゃ有利なんですよぉ‼」

などと明るく切り返している場面なのだが、きっと2年間の仕事のストレスが無意識層に溜まっていたのだろう。戯ける機能が壊れたかのように固まってしまった。

そして急に涙が溢れ出し愛菜はトイレに駆け込んだ。

この事件がきっかけで感情的に仕事に行けなくなってしまい、どうしようもない時期に愛菜はある心理カウンセラーを頼った。

愛菜はその心理カウンセラーから本当に多くのことを受け取った。

その心理カウンセラーのおかげで人生が救われたのである。

だから上手く自分のカウンセリングができなくなった時はその心理カウンセラーの顔が頭に思い浮かぶのである。

だがその心理カウンセラーはもうこの世にいない。

愛菜が1冊目の本を出した5年前。

出版記念のパーティーのちょうど1週間前に膵臓癌が原因で48歳という若さでこの世を去ったのである。

今の愛菜にできるのは、人生の恩人の顔を思い浮かべることくらい。

昔のようにその恩人の前で子供のように泣きじゃくるという選択は愛菜には残されていなかった。

11・地雷はどこ？

「光太君久しぶりぃ。私のこと覚えてるかな⁉

今大丈夫⁉　お客さんいないよね⁉」

こうやって予約なしに突然知り合いがフラッと店に遊びに来ることは珍しくなかった。

普通の美容室の営業形態とは違い、1件30万円の高額カットをメインのメニューにしているこの美容室はいかんせん暇な時間が多いのである。

突然やってきた久しぶりのお客は光太の今は亡き母親・新堂温子の古い友人であった。

「おぉ愛菜さん‼　びっくりした‼

連絡なしで来るなんてどうしたの⁉」

何を隠そう、新堂温子とは、愛菜の心理カウンセラーとしての師匠に当たる人物である。

11. 地雷はどこ？

母親が死んで間もなかった時期、光太のことを心配してよく店に顔を出していた愛菜。

その人を光太はよく覚えていた。

「元気そうにしてるわね。たまに見るわよネットの掲示板でこの店の噂。

本当、よくやってるわよね。温子さんがギリシャで見つけてきた怪しい鏡を使って商売するなんて。

さすが親子よね。血は争えないわよね。

近くに来たからフラッと寄ってみたのよ。

特になんか用があってきたわけじゃないの」

そう話す愛菜の表情から、何も用がないわけがないことを光太は読み取っていた。

そして不思議な鏡があるこの店に人が来る理由なんて、そんなに色々はないということも光太は知っていた。

「へぇー、そうなんだ。暇だし普通にお茶出して母さんの思い出話するのも良いけど、せっかくだから髪でも切っていきなよ。

こんなこと言うと失礼かも知れないけど愛菜さん髪の手入れ怠ってるのバレバレ。

人気カウンセラーさんなんだからそういう所から説得力作ってよね。

髪は人の心の状態を誤魔化せないぐらい表すんだからね。

白髪が急に増えたり、

抜け毛が増えて頭が禿げたり、全部ストレスが原因だっていうじゃない。円形脱毛しちゃったりする人もいるぐらいだしさ」

「さすが温子さんの息子。凄い観察力よね。じゃあお言葉に甘えてカットして貰おうかな⁉厚かましいついでにトリートメントも」

愛菜は抱えきれないストレスを感じている。髪の状態や、会話をしていない時の表情、または手や足の仕草。そういったもろもろを観察することで、光太は危機が愛菜に迫っていることをこの時点で察していた。

そして、本当にそうなら、母親が死んで辛かった時期を支えてくれた恩人、愛菜の力になりたい。

光太はそう思っていた。


「愛菜さんこそさすが母さんの友達。凄い厚かましさだよね。トリートメントって本当は高いんだからね。まぁ、原価は知れてるけど。じゃあ荷物をロッカーに入れて手前の方の席に座って下さい」

光太はそう軽い冗談を言いながら、愛菜を通常カットを施す手前の席へと案内した。

「じゃあせっかくだから思いっきり髪を短くして貰おうかな。ずっと伸ばしてたんだけど、せっかくだしイメチェンでもして気分転換させて」

作り笑顔をしながらそう話す愛菜の髪は胸の辺りまで伸びていた。

さっきは「何もない。ただフラッと寄っただけだ」、そう話していた愛菜だが、旧友の息子ということもあり、どんどん弱い自分が表に顔を出し、喉の辺りまで出かかってくるのだった。

光太はその変化に気づきながら、何も知らないふりをした。

「そうだね。せっかくだしね。オレ実はフェイスライン綺麗に見せるカットが得意なんだよ。そうそう愛菜さんみたいに顎がしゃくれている女性でもヘアスタイル1つで目立ちにくいように見せることだってできるんだぜ」

〝顎がしゃくれている〟

これまでも何度か2人の間ではやり取りがされたこの言葉。

光太は、和ませるつもりで何気なくこの言葉をチョイスした。しかし、そんな光太の一言がキッカケで愛菜が1人で抱え込んでいた全てが崩壊した。突然愛菜は声をあげて泣き始めた。

「そんなの気休めよ‼　髪型変えたぐらいで誤魔化せるぐらいのしゃくれ具合だったらこ

んなに悩んでないっての。馬鹿ぁぁ。

なんでこんな時に温子さんは側にいてくれないのよ。

本当は温子さんに話聞いて欲しいんだから。

本当は温子さんに寄り添って欲しいんだから。

馬鹿ぁぁ。

馬鹿、馬鹿、馬鹿」

その言葉に光太は胸が締め付けられる思いがした。

〝なんでこんな時に母さんは側にいてくれないの〟

母親が他界してからのこの5年間、光太もまたそう思う経験を何度もしていたからである。

その光太の様子に気づいた愛菜はすぐに正気に戻った。


「光太君‼　ゴメンなさい。

光太君の前で言うことじゃなかったよね。

ゴメン私どうかしてるよね」

心配する側と心配される側。こうして立場が反転したことによって、ようやく2人の間に自己開示が生まれ始めた。

11. 地雷はどこ？

「いや、全然大丈夫だけど、愛菜さんこそ大丈夫⁉

やっぱり少し様子が変だよ。

オレなんかに話しても仕方ないって思ってるのか知らないけど、こうやってここに来てくれたってことは少しは期待してくれてるんじゃないの⁉

何かあったなら話してよ。母さんみたいに完璧な導き方はできないけど、少しは楽になるかも知れないぜ」

そう親身に話す光太の姿に愛菜は人生の恩人である温子の面影を見た。

そして温子が天国から、

〝光太を信頼して。この子もこの5年間ずっと容姿に悩む人の心と真剣に向き合ってきたんだから〟

そう言ってくれているように感じた。

「そうだよね。こうやって取り乱すだけ取り乱して何も話さないなんておかしいもんね。

じゃあせっかくだし光太君に、聞いて貰おうかな。

もうこの顎のせいでめちゃくちゃ容姿にコンプレックスを持ってることを隠せてないもんね」

光太に全てのことを打ち明ける覚悟を持った愛菜は、
ブログのアクセス数が落ち込んでモヤモヤしていた時期の葛藤、

編集者の都倉に容姿のコンプレックスを心理学で乗り越える方法を本にしたいと依頼を受けたこと、

自分の中で容姿のコンプレックスを完全には自己受容できていなかったこと、

そして先日の星井奈々とのi tubeコラボで自分の考え方に対して痛烈な批判をくらい完全に自信を喪失してしまったこと、

それらのことを包み隠さずに光太に打ち明けたのであった。

「なるほどね。難しいよね。

確かに〝ありのままを受け入れる〟という自己受容の解釈を間違ってしまって、〝頑張るのは悪い〟みたいな解釈になってしまうこともあるし、〝もっとこうなりたい〟という向上心ですら自己否定だと解釈してしまって逆にどう自分の自我を確立していってていいのか方向性を見失ってしまう人も沢山いるもんね。

その星井奈々って人の言うことも一理あるよね。

でも不思議なのは何で急に配信中に愛菜さんに対して攻撃的になったんだろうね⁉

だって配信が始まる前はむしろ好意的だったんでしょ⁉」

色々と話を聞いた結果、奈々がキバをむいた理由に焦点を当てることが今の愛菜にとってはとても重要なポイントであるように光太には感じられたのであった。

結局他人からのフィードバックは自分の内面が基になって創り出している。つまり、他人を使ってフィードバックをしているのは自分自身だということを光太は死んだ母親の温子に何度も教わりながら育った。

そんな温子の理論に沿うなら、星井奈々や星井奈々の信者、都倉誠一からのキツイフィードバックを生み出しているのは……

愛菜の中にある、自分自身に対する否定的な愛菜なのである。


「そうなのよ。そこなのよね。

私もそこに自分の根源的な問題があると思って何度もi tubeライブの配信を見たの。

だけれど彼女の地雷を踏んだ瞬間がイマイチ掴めなかったのよね。

そうだ。光太君せっかくなら観てくれない？

私達がこの間対談したi tubeライブのアーカイブ。

光太君なら何か気づくかも知れない」

そう言うと愛菜はスマホを取り出し、自分達のライブ配信のアーカイブを光太に見せた。

約30分にわたる配信を光太は母親譲りの観察眼を駆使してチェックした。

すると配信を開始して早々に星井奈々の表情が曇った場面を光太は見逃さなかった。

「《〃全ての欲に一切のジャッジをしない〃
ということは頭ではわかっているんだけどどうしてもジャッジが入ってしまって中々そ

れが上手くいかないという方に新しい視点を渡せたら嬉しいなと思ってます》

ここまでは星井奈々さんは、とても柔らかい表情だよね。

〝愛菜さんとコラボできて光栄です〟って表情をしている。

だけど、ここから数秒で星井奈々さんの表情が急に曇るんだよね。

この文脈に彼女が大事にしている前提を踏みにじっている何かがあるんじゃないかなって思うんだけど、愛菜さんどう思います？」

その光太の質問に愛菜は眉間に皺を寄せる。


「多分、そこなのよ。後で色々調べたんだけど彼女、アナーキーな生き方を売りにしてる癖に〝奈々ちゃんにしかできない生き方〟って言われるのが嫌いみたいね。

私もそこが確信的な地雷ポイントだったのかと思って何度も動画を見直したけど、やっぱりおかしいのよね。

なぜかって言うともちろん怒りのスイッチが入ったのはわかるんだけど、彼女必死に怒りを堪えているのよね。

だからね、もう1つ確実にそれよりも大きな地雷を私、踏んじゃってるはずなのよね。

でも、それが何かわからないのよ」

そう話す愛菜の様子に光太は微かに違和感を覚えた。

愛菜の心のどこかに星井奈々に対する不当な評価があるように光太には感じられたのだ。

しかしその光太ですらその配信の動画からは愛菜の言う、もう1つの地雷ポイントがどこにあるのかわからなかった。


「何回観てもダメですね。

っていうか何回観てもなんか胸糞の悪い配信ですね。

どんなに自分の気に入らないことがあったとしても、こんな風に誰かを公開処刑する権利なんて彼女にはないはずなのに。

これじゃあ公の場でこの人は心理カウンセラー失格です、って烙印を押してるようなもんだよ。それにこの場をセッティングした編集者も少しは愛菜さんの味方をしてもおかしくないのに。この後フォローしないなんて人としてどうなの？　って感じするよね」

愛菜は信頼するメンターの息子であり、心理の手解きを子供の頃から受けている光太にそう言って貰えて一瞬は気持ちが楽になったように感じた。

だがやはりそれでも何か自分の心の奥底にこびりついているドロドロした未処理のものが存在していることは誤魔化しようがなかった。

「ありがとう、光太君。相談にのって貰えて少し楽になったわ。

光太君、厚かましいついでに違う質問をしていい？」

光太にお礼を言うと愛菜はもう1つこの美容室にやってきた目的があることを光太に伝

えようとしていた。

「全然構わないですよ。何でも聞いて下さい」

光太はすっかり母親にお使いや頼まれごとをされた時に感じていたような何とも言えない懐かしい感情に浸っていた。

「今の私がナルシスの鏡の前に座ったらどうなると思う？」

その意外な質問に光太は目を丸くした。

このナルシスの鏡は母親の形見であり、生前は母親である温子が自力のカウンセリングでは何ともならないクライアントのカウンセリングをするためにギリシャの骨董市にて買い付けてきたものである。

そのことを温子の一番弟子であり、妹のようであり、親友のような存在であった愛菜が知っているのは当然光太も認知していた。もちろんこの鏡の前に座るとどうなるかも。

ただ〝ありのままの私〟であることを誰よりも大切にしてきた愛菜がまるで別人のような美しい容姿を手に入れた世界に興味を持っている。それ自体に驚いたのである。

「ど、どうなるんでしょうね!?　それはもう愛菜さんの本心が本当はどこにあったのか!?ということに尽きるでしょうね。

今まで沢山の人がナルシスの鏡の前で自分と向き合う様子を見守ってきましたが、鏡のチカラが発動する人というのは決まって自分の価値を観る心の目の視力が落ちている人。心理的な盲点が多い人。

何か特定の前提に偏って自分のことを評価してしまっている人。

そういう人の魂が鏡の世界の中へ吸い込まれていく。そんな印象があります。

それは母さんの側にいて心理カウンセラーの下積みをされてきて、母さんがセッションにナルシスの鏡を使ってるのを何度も見てきた愛菜さんにとっても、共通認識なんじゃないですか⁉

そしてそのことを熟知されていて言葉にするチカラがおありだったからあんなにも多くの人に読まれるブログができあがったわけですし。

愛菜さんはご自身のことをどう思われているんですか⁉」

真剣な顔で質問をする光太の眼差しをしっかりと受け取って愛菜はありのままの気持ちを告白した。

「正直に本心を打ち明けるなら、心のどこかでこの出っ張った顎を切り落としてしまえたら楽なのにという思いはあるわ。でもそんなことをしてしまったら……

今まで自分がクライアントさんをサポートする上で大切にしてきた信念、

あなたのお母さんから受け取った大切な信念、

そして〝ありのまま〟を誰よりも大切にしてきた心理カウンセラー有野愛菜の存在そのものも、

本当に多くの過去を全否定することになってしまうと思うの。

だからそれはできない。

でも本心ではまるで違うことを思っている。

そしてこの2つの思いがいつまでも平行線になってしまう原因が、プロの心理カウンセラーなのにわからない。

もうそうやってぐるぐる悩んでいるのが私の現状なの。

だからこれは私や光太君のカウンセラーとしての視点をもってしても気づけない深い深い部分に何かがあるかも知れないと思うわけ。

そして、もし何かがあるとしたらそれが何なのか温子さんが天国に逝ってしまった今、教えてくれるのはナルシスの鏡以外ないって思ったのよ」

ここまで包み隠さずに自分の本心を曝け出し言葉にしている愛菜の心の奥底にまだ何かが潜んでいるなんて、光太には想像もできなかった。

「オレの見立てだと多分鏡は反応しませんが、そこまでおっしゃるなら試してみますか？

一応抜け殻になったカラダのシッターとしての役割の6時間は今から何とか確保することはできます。

愛菜さんは説明しなくてもナルシスの鏡の前提は全部熟知されてますよね」

試してみたいからそこまで言うのだろうと光太には察しがついていた。

「もちろんよ。
1つ、
自分の容姿に心から絶望した人がその鏡の前に座ると、鏡は鏡の中の世界にその人物の魂を吸い込んでしまう。
2つ、
鏡の中の世界というのは理想の容姿を手に入れたもう1つの仮想現実である。
しかしリアリティがあり過ぎて鏡の中の世界と現実の世界の区別はつかない。
3つ、
現実世界での6時間は鏡の中の世界での時間では66日間にあたる。
しょせん仮想現実でしかない世界から元の現実に戻りたい場合は、鏡の中の世界の時間で66日以内にまた鏡の前に戻ってくる必要がある。
つまり、
美しい姿を手に入れた鏡の中の世界を生きるのか？
元の容姿に絶望した現実を生きるのか？
を66日以内に選択をすることになる。
4つ、
66日を過ぎてもなお魂が鏡の中に残る選択をした場合、元々の現実の世界でその人物の存在は消滅する。抜け殻になった肉体も6時間後には鏡に回収されてしまう。

これで良かったわよね⁉

っていうかお金どうしよっか⁉

私が鏡の中の世界から戻ってこない可能性だってゼロじゃないんだからネットバンキングで先に振り込みする⁉」

こんな時でもちゃんとお金を払おうとする愛菜の律儀な性格が、光太には少しおかしく感じられた。それと鏡の中の世界から戻ってこない可能性を愛菜が少なからず想定していることが光太には意外だった。


「お金なんて良いですよ。もしこの後愛菜さんの魂がナルシスの鏡に吸い込まれたとしてコッチの世界に戻ってこなかったとしてもそれは魂の旅立ちとして祝福しますし、そもそも愛菜さんの記憶がなくなるだけですしね。

もし6時間以内に戻ってきたとしたらその時は飯でも奢って下さい。

母さんが生前好きで通ってた上野のれんこんの店、一緒に行きましょうよ」

その光太の良心的な提案に愛菜は甘えることにした。

「光太君、本当にありがとうね。お言葉に甘えさせてもらうね」

その声の調子は誰かに別れを告げる時のそれだった。

ナルシスの鏡がその人物の魂を吸い込み魂の旅をさせる必要性を感じとる前提、それは本当にその人の内側にある強い絶望感なのであろうか⁉

光太は母親から教わったその前提を根底から疑った。

そして今から起こることはナルシスの鏡の性質に対して理解を深める貴重な機会になるかも知れないと光太は感じていたのだった。

手前の席に座っていた愛菜に隣のナルシスの鏡がある席へと移動して貰い、光太はナルシスの鏡を覆っているカバーをめくり上げる準備をした。

「それでは行きますよー

1、2、3……」

そうカウントする光太の声と共に心の中で、〝ダァーー〟と言わされてきた学生時代の辛い思い出とそれに伴う不快な感情が愛菜の中で蘇った。

そしてそのカウントと共にナルシスの鏡を覆っていたカバーが光太によって外された。

そこに映るのは、しゃくれた顎を所有する愛菜の姿。

異変が起きたのは次の瞬間だった。

まるで強力な接着剤で貼り付けられたポスターが無理やり引き剥がされるように、自分の肉体から、意識だけが引きちぎられる感覚に愛菜は陥ったのである。

それは明らかに、これまで慣れ親しんだ自分の肉体が自分のものではなくなるような感覚だった。

「これがナルシスの鏡のチカラ……」

そんな冷静な分析をする余裕がこの時の愛菜にはまだあった。

しかし、引きちぎられた意識は、ぐるぐると宙を彷徨い続け、とうとう愛菜は抵抗できず意識を失ったのである。

目を開けるとそこは鏡の前。

目の前の鏡には、顎が出っ張っておらず、フェイスラインがスッキリしている女性が映っていた。しかしよーく見ると、その女性、顎以外は、見覚えのある有野愛菜の顔だった。

「うわぁ！！！　凄い！　顎周りがスッキリしている‼」

思わず声を上げて驚いた愛菜に自信満々の様子で鏡の中の世界の光太は言った。

「だから言ったじゃないですか。

オレはフェイスラインを綺麗に見せるカット得意だって。

今回は、胸まであったロングヘアを思い切って、毛先のワンカールがポイントのボブに仕上げたんですよ。

毛先をワンカールさせたAラインボブは、どんな顔型にも似合うスタイルですよ」

あまりにも美容師らしい発言をする鏡の中の世界の光太に愛菜は感心した。
それと同時に、何度見てもしゃくれていない自分の顔にも感心するのだった。

「ありがとう光太君。もうすっかり美容師としても一人前ね」

母親を亡くしてからしばらく心の支えになってくれた愛菜に美容師としての成長を認められた光太はとても嬉しそうな顔をしていた。

「愛菜さん、ありがとう。

i tubeの撮影で忙しいと思うけどまた暇見つけて遊びに来てよ。

ウチのお店だいたい暇だしさ」

光太の言葉からこちら側の世界でも光太とは顔見知りであることと、すでに愛菜はi tubeの撮影が忙しい状況になっていること、その2つの情報を得た。

カットを終えてロッカーにしまっていた鞄からスマホを取り出しi tubeで〝有野愛菜〟と検索すると、そこには顎の出っ張っていない顔の整った美人の愛菜がサムネイルになっている動画が沢山上がっている。

〝人と比べてしまう癖が抜けないあなたに〟

〝生きるのが超ラクチンになるカンタン思考法〟

〝自分が嫌い過ぎて絶望してる時に見るべき動画〟

上がっている動画のタイトルを見るとどれも愛菜がブログで書いていた内容がそのまま

動画になっている。

どの動画も5万回以上再生されていてこちら側の世界でどうやら有野愛菜は文字媒体から動画媒体に発信を移行することに成功をしているようだった。

そんな愛菜のi tubeチャンネル、

【ありのままなnoありのまま】

の登録者数はなんと10万人を超えていた。

そのことをスマホで確認した愛菜の顔には自然と笑顔が溢れた。

「愛菜さん、凄い人気ですよね。

そりゃそんだけ美人だったら人気出て当然ですよね!?

だって心の世界のことを発信してる人にあんまり美人っていないじゃないですか？

ウチの母さんもオレとそっくりで昔はスゲェブスだったたって言ってたし。

やっぱり見た目が良い人が少ない世界に見た目が良い人が交ざると目立ちますよ。

その髪型にして余計に童顔で可愛らしい顔がひき立ちますよね」

その光太の褒め言葉に愛菜は嬉しい反面、若干の違和感を覚えた。

なぜだろう、褒められているのに何かを否定されているようなそんなモヤモヤが残った。

それはさっきi tubeのコメント欄を見た時も同じであった。

コメント欄は、

〝愛菜さん本当可愛い♡〟

11．地雷はどこ？

〝私も愛菜さんみたく顔が小さくなりたい〟

〝愛菜さん見てるだけで癒される〟

など愛菜の容姿を褒める言葉で溢れ返っていた。

容姿のことを褒められ慣れていないせいなのか？　美人という褒め言葉にどんな反応をして良いのかわからないせいなのか？

褒められているのに何かを否定されているような、そんなモヤモヤが愛菜の中には残ったのであった。

12・悲哀と秘愛

「有野愛菜さんですよね⁉　いつもi tube観てます。本当にこんなにもお綺麗なんですね。お写真一緒に撮って頂いて良いですか⁉」

そう言って駆け寄って来た女性は愛菜の顔を羨望の眼差しで見つめてくる。

向こう側の世界でも愛菜にファンはいた。しかし、こちらの世界では明らかに向けられる視線に大きな違いがあることを愛菜は感じとっていた。

知性。

美貌。

この両方を持っていると、こんなにも真っ直ぐ同じ女性から憧れられるものなのかと愛菜は思った。

「i tube観て下さってるんですね。ありがとうございます。

写真ですね⁉　自撮りで良いですか？

誰かに撮って貰います⁉」

こちら側の世界にやってきて1ヶ月。どこに行っても〝写真一緒に撮って下さい〟と言われることに、すっかり愛菜は飽き飽きしていたのだった。

この日、愛菜は飲み仲間であり、人気メンタルコーチの澤山良介の出版記念パーティーにやってきていた。

この日のパーティーには一般チケットで参加している参加者と愛菜のように澤山に招待されて参加している出版関係者とで席が分かれていた。

愛菜のような発信者達はこういった類のパーティーにやってくると、ネット上での数字を超えた意味での人気具合をリアルに実感するのであった。

ちなみに向こう側の世界で顔出しをしていなかった愛菜に、

〝写真一緒に撮って下さい〟

と声を掛けてくる者はほとんどいなかった。

そしてパーティーで、

〝写真一緒に撮って下さい〟

と声を掛けられるのは決まって動画上で人気の容姿の良い華のある著者達であった。

その光景をいつも見せつけられるたびに愛菜は時代に取り残されたような複雑な気持ち

になっていた。

そしてブログの時代が来る前の本の時代から自己啓発の業界に君臨する重鎮達ですら彼・彼女らの人気にあやかろうとする姿を見ると、また一段とせつない気持ちになるのであった。

生き方や心の持ち方を啓発する内面が重視されるべきこの業界がドンドンとルッキズムに侵されていく。

その感覚が愛菜にはどうしても受け入れられなくなっていたのである。

それは思い返すとあの日もそうだった。星井奈々との対談を引き受けた日のことだ。出版社に提案されたとはいえ業界がルッキズムに侵されていく流れを助長するような動きを愛菜自身もしてしまっていることが自分の中で受け入れ難かったのである。

その葛藤はこちら側の世界にやってきて写真を撮られる側になってもスッキリすることはなかった。

しかしこの愛菜の葛藤の根本にあるものは思わぬ出来事によって炙り出されることになる。


「あっ有野先生、初めまして。ご挨拶させて下さい。

LOVELY出版の都倉誠一です。

いつもi tubeでのご活躍拝見してます。

先生超人気ですよね。今日も先生と写真を撮るのに列ができてるじゃないですか⁉

凄いですね。

出版もスケジュールでパンパンだと思いますが僕もその列に並ばせて下さい。

僕、先生に書いて欲しいというか先生に書かせたい本があるんですよね。

そのテーマは絶対先生が書くから面白いと思う企画でして。

また企画書ができたら、提案させて下さい」

そう言って都倉は愛菜に名刺を渡した。

会場で、都倉がチヤホヤされているところを見るに、どうやら注目の編集者であることはこちらの世界でも変わりはないらしい。

「私に書かせたい本ですか⁉　なんだろう⁉　売れっ子編集者の都倉さんが私にどんな本を書かそうとしてるのかめちゃくちゃ興味があります」

向こうの世界で【ブスのままで愛される】という企画書を提案してきた都倉誠一が、もうブスではなくなった自分にどんな本を書かせようとしているのか？

愛菜はそのことに非常に興味があった。

「えっ⁉　そんなに食い気味に来て下さるなんて想像してませんでした。

ビックリだなぁ。

でもこういうのはタイミングですからね。

本当、勇気出してお声かけして良かった。

じゃあ今度是非打ち合わせのお時間頂けましたら嬉しいです。

SNSって繋がらせて貰って良かったですか⁉」

2人はスマホを取り出してSNSのIDを2次元コードで交換した。

都倉と打ち合わせの約束を済ませた愛菜は、また〝写真一緒に撮って下さい〟と行列に並ぶファン達の対応に追われるハメになった。

この人達には何の罪もない。

わかりやすく憧れられる誰かに希望を観たいだけ。自分では言い切れない何かを言い切って憧れられるような毎日を過ごしている誰かに正解を観たいだけ。

自分の頭で考えられる力を授けてくれる人よりも、すぐにわかりやすい答えをくれる人の前に、人は群がるのである。

そしてこの容姿が良いというのも、1つのわかりやすさの要素なのである。

しかし未だに愛菜は可愛いや綺麗という褒め言葉を素直に受け取れずにいた。

「はぁーー。疲れたぁ。この3時間で一生分作り笑顔したわ」

パーティー会場を出た瞬間愛菜は思わず本音を漏らした。

「ダメですよ。〝ありのまま〟をブランディングしている有野愛菜さんがこんな所でそんなこと言ったら。周りに聞こえちゃいますよ⁉」

後ろから声をかけてきたのはなんと、星井奈々であった。

「わぁ、奈々ちゃんビックリした。

奈々ちゃんもパーティー来てたんだね⁉

会場にいた⁉

ゴメンね、見つけたら絶対ご挨拶してるのに」

突然の奈々との遭遇に愛菜はテンパってしまった。

「いや私、遅れて来たんですけど、愛菜さんにファンが群がってるの目撃して慌てて喫煙所に隠れたんですよ。

よくあんなにファンサービスできますよね。私だったら絶対無理です。

澤山さんにはご挨拶できたし今日はそれで良いかなって思って。

澤山さんに今日は愛菜さん来るって聞いてて、お話しできるチャンスだからルンルンで来たんですけど。

とてもじゃないけど会場では無理！　って思って外で待ち伏せしてたんですよ。

愛菜さん、この後少しお時間ありませんか⁉

良かったら1時間でも一緒にお茶して欲しいです」

こちらの世界でも星井奈々は愛菜のファンだという前提はどうやら変わらないらしい。

一瞬鏡の向こうの世界でのあの日の出来事がフラッシュバックしそうになったが、目の前にいる奈々の人懐っこい表情のおかげか、脳内でその情報は上手く中和された。

「えっ⁉　全然時間あるよ。行こう。私も奈々ちゃんと話したかったから嬉しい」

こちらの世界では何の後ろめたさもない愛菜は奈々に対して好意的な表情を無理することなく向けられた。

「やった。せっかくなら一緒にシーシャ吸いません⁉　タクシーで上野の方に20分ほどで私がいつも1人でよく行く眺めの良いシーシャ屋さんがあって。確か愛菜さんのご自宅って湯島の方ですよね⁉　多分お家からも近いですよ」

自分が住んでいる地域まで奈々が知っていることに愛菜は驚いた。

ブログの中で住んでいる地域についてふれたのは2000記事近くあげている記事の中の1記事か2記事。

本当に隅々までブログを読み込んでくれていたという事実に愛菜は感激していた。

「そうそう。住んでるの湯島の方だから上野方面だと助かるわ。それに私シーシャ吸ってみたかったのよね。じゃあ奈々ちゃん連れてって」

2人は銀座の会場の前でタクシーを拾い、奈々の行きつけのシーシャバーへと向かった。

「愛菜さんと一緒にタクシー乗ってるなんて凄いドキドキします。うわぁホンモノだぁって感じで」

まるで憧れのアイドルにでも会えたかのようにはしゃぐ様子の奈々を見ていると鏡の向こうの世界の奈々もi tubeで対談するのを本気で喜んでくれていたことが伝わってきた。

「私こそ奈々ちゃんにはいっぱい勉強させて貰ってるのよ。

奈々ちゃんの
〝全ての欲に一切のジャッジをしない〟

って考え方を本気で多くの人に伝えようと思ってる所とか本当感心しちゃう。

だから嫌いなのよね!?

〝奈々ちゃんだからこそできる生き方〟って言われるの。

そういう所に奈々ちゃんの誠実さが出てるわよね」

愛菜は向こう側でしでかした失態を完全に棚に上げて言った。

「えぇぇ‼　嘘ぉ⁉　愛菜さん。私の動画ちゃんと観てくれてるんですか。嬉し過ぎます。

しかもちゃんと共感して欲しいところをわかって頂いてて。

ヤバい。私今の活動始めたきっかけ、愛菜さんのブログなんですよ。

だから愛菜さんに共感して貰えるの本当に嬉しいです。

20代は歌舞伎町でキャバ嬢やってたんですけど、その時の私って容姿以外に何も自信がなくて。特に難しいお仕事してるお客様とか、経営で成功されているお客様とか、頭の中どうなってる⁉　みたいな感じで席に着くと何話して良いかわからなくて。

いつもオドオドしてたんですよね。

だから見た目がちょっと良いぐらいじゃキャバ嬢は務まらないってことを突きつけられるの早かったんですよ。

頭もめちゃくちゃ悪かったからお客様をどう褒めて良いのかわからなかったし、どう話を膨らませればいいかもわからなくて悩んでいたんです。周りの同僚とかも私が見た目が良いからって、ほとんど誰も親身になってくれなかったし。

『お前は可愛いだけで他に何も取り柄がない』

って言われてるみたいで本当あの時期は辛かったんです。

そういうことで悩んでいる時に見つけたんです。

【ありのままnoありのまま】ってブログを。

最初見つけた時ビックリして。

こんなにわかりやすく人が悩む原因の根本を言葉で解説できる人いるんだって。

だから最初は愛菜さんのブログを書き写すノート作って。

この考え方、自分のものにしたいって思ったんですよ。

そしたら不思議と相手の話していることから、相手の価値観とか、その価値観の根本みたいなのがわかるようになってきて、凄い指名とかジャンジャン取れるようになって気がつけば歌舞伎町で有名だったお店でナンバーワンになれました。

それが私にとって本当に大きい成功体験で。

〝私は見た目だけじゃないんだぞ〟

って思えるようになったんです。

だから愛菜さんは私にとって人生の恩人なんですよ」

そう熱く語る星井奈々の話を聞いて愛菜の胸も熱くなった。

そして美人には美人の悩みがあるというのは頭のどこかではわかっていたが、ひょっとすると実際の所は何もわかっていなかったのかも知れないということを痛感させられたのであった。

「そうだったのね。奈々ちゃんも色々苦労したのね⁉

でもそんな風に私の書いたブログに影響を受けてくれたってこれも凄いご縁よね。

これから仲良くしてね奈々ちゃん」

そう言葉をかける愛菜の方を見て、奈々はニコリと微笑んだ。

そして奈々は愛菜の手を取りぎゅっと握りしめた。

愛菜は奈々のその行動に一瞬驚いたが、奈々のようにどこか突っ張ったキャラとして発信をしている女の子は歳上に甘えたくなるのかもと奈々の手を握りしめ返した。

さらに〝大丈夫だよ、大丈夫だよ〟と心の中で呟いた。

「愛菜さんの手、優しいです。

私ずっと愛菜さんみたいに優しくて温かい人と出会いたかったんです。

愛菜さんが私の思った通りの人で良かった」

安心した様子で発した〝私の思った通りの人〟という言葉が愛菜には少し気になった。

過密スケジュールに疲れていたのだろうか、奈々は愛菜の手を握ったまましばらくの間ウトウトし、挙げ句の果てには眠りにつくのだった。

奈々を眠らせ、沈黙のまま進むタクシーはいよいよ目的地に到達した。


「お客様、こちらの建物でよろしかったでしょうか⁉」

運転手のその呼びかけに奈々は目を覚ました。

「あれ⁉　私寝ちゃってました⁉

ゴメンなさい。愛菜さんと一緒なのに寝ちゃうなんて‼」

慌てる様子の奈々の頭を愛菜はポンポンと叩いた。

「良いのよ。忙しくて疲れてるんでしょ⁉

初シーシャ楽しみにしてるんだから案内して」

タクシーの会計は愛菜がカードで済ませ、タクシーを降りてすぐのビルのエレベーターの方へ奈々は愛菜を案内した。

「愛菜さん、ここの8階なんです」

エレベーターで8階に上がると、そこには観葉植物がお洒落にレイアウトされ、間接照明でライトアップされた入り口が見えた。

「わぁ、お洒落な空間。奈々ちゃん、こんな所でいつも休憩してるの。本当に素敵ね」

感激している様子の愛菜を見て、奈々も〝エヘン〟というような可愛いドヤ顔をしている。


「あらぁー奈々ちゃん今日はまた美人のお姉さん連れて来てぇーって……えっ⁉

ひょっとして有野愛菜さんですか⁉

きゃあぁぁホンモノ⁉

奈々ちゃん⁉

えっ、連れて来てくれたの⁉」

店長のミチルが愛菜の来店に大歓迎の様子で興奮している。

「ここの店長のミチルさんも愛菜さんの大ファンなんですよ。まぁブログ教えたの私ですけどね。仲良くなったら連れて来るって約束してたから、これから仲良くなるためにここにお連れしました」

なぜ初対面でわざわざタクシーに乗ってまでここに連れて来られたのか愛菜は納得がいった。

そして星井奈々の〝これから仲良くなるために〟という物言いに謙虚さを感じ、好感が持てた。

奈々の繊細な心遣いに愛菜もすっかり心を掴まれていた。

「ミチルさん初めまして、有野愛菜です。いつも動画を観て下さってありがとうございます。私今日シーシャ初めてなんで楽しみ方教えて下さいね」

そう挨拶する愛菜に、

「もう任せて。シーシャビジネスを明日から始められるぐらい根掘り葉掘り教えますとも。フレーバーの仕入れ先から、炭の作り方から、全部教えますよぉー」

とミチルは張り切って答えた。

「ミチルさん。そんなことまで教えてって頼んでないわよ。

もう。はしゃぎ過ぎ。

今日あったかいからバルコニーの席案内してね」


その突っ込みにミチルは〝あ痛〟という顔をして戯けてみせた。

観葉植物がお洒落にレイアウトされている席に案内された愛菜はその雰囲気に感動した様子だった。


「愛菜さんに気に入って貰えて良かった。

ミチルさん、あの調子なんで私が簡単に説明しますね。

ミチルさん、愛菜さんのブログの考え方を地で行くような人で、みんなにめちゃくちゃ慕われてるんですよ。

でもあの調子だときっと話脱線しまくって長くなるから。

今日はまだ愛菜さんとゆっくりお話ししたいですし。

こういうお店は、
シーシャのフレーバーの味とオプションを選んで、
それとは別にドリンクを頼むのが一般的なんですけど、

愛菜さんはどんな味わいが好みですか⁉
スイーツみたいな甘い系、
フルーツみたいな甘い系、
フルーツみたいなサッパリ系、
あとシンプルにミントみたいなサッパリ系、
とかもできます。
最初なんで2台でワケワケしません⁉　色んなフレーバーの味楽しめますよ」
そう奈々に言われても全くイメージの湧かなかった愛菜は奈々に任せることにした。

「そうね。

奈々ちゃんが吸って美味しかった味を2種類頂こうかしら。

ドリンクはホットコーヒーを……」

「ブラックですよね。わかりました。

シーシャは私のお気に入りのチャイとシナモンのミックスとレモンミントで頼みますね」

注文してしばらくすると2台ボックス型のシーシャ台が2人の席に運ばれてきた。

どうしても愛菜と接触したかったミチルはいつもアルバイトの高山にシーシャを持って行かせるのに、ここぞとばかりにシーシャ台を運んできた。

「愛菜さん、炭の加減バッチリ調整しといたからね。

「シーシャはこうやって吸うのよ」

そう言うとミチルは、首にぶら下げていたマイマウスピースをシーシャのホースに差し込みぶくぶくとシーシャ台に溜めてある水に泡をふかし吸い始めた。

ミチルの大量に吐く煙と共にその場一帯にチャイとシナモンの甘ーい匂いが漂った。

ぶくぶくぶくという音と、

何とも言えない初めての匂いに、

愛菜は感激していた。

「凄～い、シーシャってそうやって吸うんですね」

そう言う愛菜にミチルは笑顔で頷き、使い捨てのマウスピースを手渡した。

「ミチルさん、私は自分でやるから大丈夫」

奈々はそう言うとカバンのポーチの中からマイマウスピースを取り出しミチルと同じようにぶくぶくとシーシャを泡立てた。

今度は辺りにレモンとミントのスッキリした匂いが立ち込めた。

「わぁ、さっきとは全然違う匂い。これ楽しいわね。

てか奈々ちゃん自分のマウスピース持ってるなんて凄い」

奈々のシーシャを吸い慣れた様子に愛菜は憧れの眼差しを向けた。

こうやってシーシャにしても心理学にしても、自分の好きなものを探してドンドンと探求していくのがこの子の魅力なんだな、と愛菜は感じた。

「愛菜さん、初シーシャゆっくり楽しんでね」

色んな話をしたいのをグッと堪えて愛菜とゆっくり話したい奈々の想いを尊重するかのようにミチルは飲み物を運び終えるとまた店内の方へとスッと戻っていく。

初めて吸うシーシャの解放感やリラックスする感覚と共に2人はすっかり打ち解けた様子であった。

「愛菜さん、さっき私タクシーで途中で寝ちゃいましたけど、どこまで話しましたっけ⁉すいません。うろ覚えで」

あの話にはまだ大事な続きがある。奈々はそのことだけは覚えている様子だった。

「私のブログから心理の勉強をしてキャバクラで一番になったって所まで聞いたわよ。そんな風に人生を変えるのに活かしてくれたなんて聞いて私感動しちゃったんだから。キャバクラでナンバーワンになってそこからどういう経緯で奈々ちゃんは願望実現系のi tuberになろうと思ったの⁉」

その続きが聞きたい愛菜は催促するように奈々に質問をした。

「そうそう！　そうなんです。

ナンバーワンになってからが最悪だったんですよ。

愛菜さんのブログのおかげで勤めていたキャバクラでナンバーワンになれたんです。

それでようやく、

〝私は見た目だけじゃないんだぞ〟

って思えるようになったんですけど……

周りはそうは評価してくれなくて。

っていうか認めたくなかったんだと思います。

それまでナンバーワンだった先輩キャバ嬢は誰が見ても美人って顔はしてなかったんです。

その人は自分が容姿よりもお客様やお店のスタッフ、他のキャストからの人望でずっと一番を取ってきたタイプのキャバ嬢だった。だから、中身で負けたなんて絶対認めたくなかったんだと思うんです。

人って立場が変わらないと本性ってわからないものだなって思いました。

私が指名が全然取れなくて、お客様との接客で悩んでた時なんて励ましてくれたこともあったのに。

カタチ的にですが売り上げで上回った時に態度が豹変したことに私ビックリしました。

その先輩の派閥を固めていた周りのキャバ嬢と先輩自身に、ネットにあることないこと書かれてしまって。

その先輩が指示しているのが更衣室から漏れてくるの盗み聞きしちゃって。

当時源氏名は有紗って名前だったんですけど、

〝有紗は枕営業しまくってまーす〟とか、

〝アルマンド1本空けたらアリマ◯コついてきまーす〟とか、

〝悲報‼　枕営業し過ぎて性病になりました〟とか、

本当、あり得ないですよね。

性格捻じ曲がってるっていうかなんていうか。

それから人格者を装っている人で、見た目にコンプレックスがある人と関わるのが怖くて、怖くて。

天は二物を与えずって言いますよね。だけど、私は別に最初から二物を与えられたわけではありません。

コンプレックスをそのままにしてる人ってコンプレックスを乗り越えた人のことを嫌うんですよね。

その人がそのコンプレックスに目を背けていればいるほど。

キャバ嬢なんて整形バンバンの世界だから整形すれば良いのにってずっと思ってました。

それでもその人、整形なんかしちゃったら、

自分が今まで主張してきたこととか、

今まで自分がやってきたこととかを、否定することになるって思ったのか、それが意地だったのか、頑なに整形しなかったんですよね。

でももう溜め込んだ鬱憤が凄くて凄くて、我慢の限界が来て、私ある日プチンってキレちゃったんですよね、
その先輩の顔に
『整形しろぉー‼』

ってペンで書いた紙貼り付けてそのまんま店を辞めてやりましたよ。

そんなこんなで私の中で、

〝全ての欲に一切のジャッジをしない〟

って信念が生まれたんですよね。

逆に欲望を抑えまくってる人のこと、私は痩せ我慢の民って、呼んでるんですけどね。

この痩せ我慢の民って、痩せ我慢して溜めたストレスで人に意地悪したり変なマウンティングしたりするじゃないですか⁉

なんとかその痩せ我慢が報われるカタチにしようとする感じがキモくて。

そういう奴見ると思い出すんですよね。あの意地悪だった元ナンバーワンのクソ女を」

さっきまで優しい顔をしていた奈々の顔に殺気にも似た迫力を感じた。

そしてこの奈々の話を聞いて鏡の向こうの世界で星井奈々が配信中に愛菜に向けて急に

敵意を見せた理由がわかった。

元ナンバーワンのクソ女。

奈々がそう揶揄するその女と元の世界の愛菜が重なってしまったからである。

鏡の向こうの世界で愛菜は奈々のことをどこか色眼鏡で観てしまっていたのだった。

知性ではなく、容姿が良いから人気になっただけの子。

心のどこかでそんな風にしか奈々のことを評価していなかったのである。

だから配信の前に奈々の発信をチェックすることを怠ったのだ。

どうせ大したこと話してないんでしょ⁉

そんな風にしか奈々を見ていなかった。

こんなにも自分に真っ直ぐ憧れてくれていた後輩の良い部分を見ようともしなかった自分。

容姿の良い人にだって目には見えない長所や才能はあるはずなのに美人に対するコンプレックスのせいでそれを見ようともしなかった自分。

愛菜はそんな自分に猛烈な自己嫌悪を抱いていた。

心の目が人よりも良いという驕りが逆に心の目を見えなくさせていたことに愛菜はようやく気づかされたのである。

「奈々ちゃん、ちなみに今の私達の業界にもいる⁉

人格者を装っている人で、見た目にコンプレックスがある人。

っていうか意地悪な痩せ我慢の民だなって思う人っている？」

愛菜にとってこの質問をするのは勇気のいることであった。

しかし自分にとって都合の悪いこともしっかりと受け止めていかなければ。

そこから何かを学ぶしかない。

そのために鏡の中の世界にやってきたのだから。

愛菜はそう思い、勇気を振り絞ったのであった。

「いますよ。私のフォロワー数が多いから自分のアピールをしたくてコラボの依頼とかしてくる癖にあからさまに、

〝お前のことなんて認めてないぞ‼〟とか、

〝若くて可愛いだけだろ⁉〟とか、

〝知性とかスキルでは私の方が上よ‼〟とか、

そんな態度を言葉の端々に出してくる人。

先ず〝いつも奈々ちゃんのi tube楽しく観てます〟って挨拶してくる癖に私の動画なんて1本とか2本とか適当にその日のために観てきたのが全開の人は要注意ですよね。

私がどんな発信をしているのか把握もせずに私のチャンネルで話すなんて、先ず私のファンに失礼ですよね。

それにそういう背景とか前提が見えていないから、自信満々で自論とか強めに言っちゃ

うんですよね⁉

絶対私はこんな可愛いだけの小娘よりも凄い話してるんだから！　みたいなオーラ出してきて。

そんなん観てる人が気分が悪くなることぐらいわかれ！　って思うんですよ。

私のファンは私に自己投影してファンになってくれてるんだから、
私のことを馬鹿にした態度とったらファンが悲しい気持ちになってしまうし、
結局その人もコラボして私のファンを自分のファンにすることなんてできないのに。

やっぱり認めたくないんですよね。

自分の心の拠り所にしてきた内面や知性の部分では絶対に私たちみたいな容姿の人間には負けたくないっていうのが全面に出てしまってて。

ヤバいですよね。

本当に心の専門家なんですか⁉　って思ってしまうんですよね。

そういう奴と仕事するとやっぱり頭の中で重ねてしまいますよね。

あのクソ女と一緒だ、って。

そういう時は私も自動反応的に攻撃モードがスイッチオンになっちゃうんですよね。

まぁ防衛反応が備わっているという言い方もできますけどね」

鏡の向こうで星井奈々との配信中に起きていた本心の変化を知って愛菜の気持ちがスッキリすることはなかった。

むしろ答え合わせをしたせいで、どんよりとした絶望的な自己嫌悪が重く愛菜にのしかかったのである。

「そうなのね。そりゃいるわよね。外見のコンプレックスを覆い隠すみたいに知力武装しちゃった人。確かにそんな人が心の専門家だなんて笑ってしまうわよね」

この時愛菜は自分で自分を否定しているような気持ちでいっぱいだった。

「でも愛菜さんは当たり前にそんな人達とは全然違いますからね。まぁ容姿のコンプレックスがなさそうな愛菜さんには絶大の信頼感を持ってましたからね。

今日お会いして思ったままの方で本当に良かったです。

心配してませんでしたが大好きだった愛菜さんが凄いマイナスのギャップの多い方だったとしたら私、立ち直れないぐらい落ち込んだかも」

「そんな現実があちらの世界では繰り広げられたんだよ」と言えるわけもない愛菜は、奈々のその言葉をどう受け止めて良いのかわからずにいた。

「そうよね。自分の人生の恩人ぐらいに憧れてた人が一番自分の嫌いなタイプだったなんて最悪のオチだもんね」

早くこの会話を終わらせて1人になりたい愛菜は無難な答えを返すことでいっぱいいっぱいだった。

そんな状態の愛菜にこのタイミングで奈々から、この日一番の衝撃的な発言が飛び出すことになる。

「そうなんですよ。それと逆で会ってみて印象が劇的に変わった人もいますけどね。愛菜さん、小田陽菜さんってカウンセラーさんご存じですか⁉︎ 愛菜さんと同じ歳の方ですよ。最近凄い勢いでフォロワー増やしてる方なんですけど。確か今年発売された書籍が大人気で、雑誌とかでも特集されて話題になった方なんですよね。確かあれですよ。LOVELY出版の都倉さんが担当されていますよ」

向こう側の世界では聞いたことのないその名前に愛菜は首をかしげた。

「オダハルナさん⁉︎　聞いたことないわ。そんなに売れてるんだ⁉︎

その人の本。

それに都倉さんってやっぱり凄いのね」


エッジの効いた本を作りたがる都倉が目をつけたカウンセラーというだけで愛菜は小田陽菜に強く興味を示した。


「そうなんですよ。今凄い人気ですよ。

だから小田さんとは会うまでちょっと不安だったんです。

容姿のコンプレックス強そうな方で頭の良い方だからひょっとして……

って警戒したんですけどね。

会ってみたら凄い素敵な方で。あっ、この人本当に自分のコンプレックスを深い部分で受容してるんだって感じたんですよね。

〝コンプレックスがない人なんていないでしょ！　どんな美人であっても！〟って本気で思ってらっしゃる方で本当にお話ししてて楽でした。

っていうか小田さんも愛菜さんのブログに影響受けて発信始めた方ですよ。

対談した時、愛菜さんの話でめちゃくちゃ盛り上がりましたから。

彼女のi tubeのチャンネル名が
【オダハルナのコンプレックスにはコダワルナ‼】

なんですよね。

名前で韻踏むメッセージをチャンネル名に付けてる人って私は有野愛菜チルドレンなことが多いって踏んでます。

あ、あと、小田さんの場合それだけじゃなくてお顔も話題になってまして……」

自分が受け入れることのできなかった容姿のコンプレックスを受容しているカウンセラーがこちら側では人気になっている。

そんなことに心をざわつかせる愛菜。

そんな彼女を更なる衝撃が襲ったのは、次の瞬間だった。小田陽菜のSNSのトップ画面を見せられて愛菜はあまりのショックに固まってしまうのである。

「愛菜さんこれ見て下さい」

奈々はわざと小田陽菜のプロフィール写真の口元を指で隠しながら見せた。

その姿は驚くほどに愛菜と瓜二つだったのだ。

「えっ⁉　なにこれ⁉　本当に小田さんの写真なの⁉

これ私にそっくりじゃない⁉」

混乱する様子の愛菜に少し申し訳なさそうに奈々は答える。

「びっくりですよね。

本当に愛菜さんに瓜二つなんです。

ただし口元をこうやって隠していればの話なんです。

愛菜さんショック受けないで下さいね」

そう言って奈々は口元を隠していた指をスマホからどかせた。すると立派過ぎるほど立派な「顎」を持つ小田陽菜の顔があった。

それは鏡の向こうの世界での有野愛菜の姿そのものであったのである。

「顎がしゃくれているだけで顔って本当に全然違う印象になるのね。

彼女の容姿のコンプレックスはこの顎だったたってことなのね」

不自然なまでに感情のこもらない言い方になってしまっていることに愛菜は自覚ができなかった。

「そうなんですよね。逆に言えばその顎を整形でなんとかすれば憧れの愛菜さんソックリになれるじゃないですか⁉

って私も言ってみたんですけど、小田さんは自信満々に言ってました。

『顎なんてしゃくれてても、そのままでもどっちでもいい。

どっちでもいいと思ってるから寝てる間になくなってたら、あっそうなの⁉

じゃあ今日から顎なしでってなるけど。

わざわざ沢山お金払って、激痛に耐えてまでするもんじゃないわ』

って。

最初私も痩せ我慢で言ってるんじゃないのかなって疑いました。だけど、話せば話すほどそこに嘘がなくて。

看板に偽りなしの人って本当にカッコ良いなってテンション上がってしまいました。

もし愛菜さんが嫌でなければ是非ご紹介させて下さい。

なんかお2人が隣に並んだら凄い面白い絵になりそうで私ワクワクするんです。

私も是非そこにご一緒したい」

何も悪気なく話をする星井奈々に対して、作り笑顔を向ける心の余裕がどんどんと奪われていくのを愛菜は感じとっていた。

【看板に偽りなし】

その言葉が愛菜にとってトドメの一言になってしまったのである。

〝ありのままの自分を受け入れる。
自分と他人を比べて嫌な思いをするよりも、
自分の良いところを自分自身が認め、
そのままの自分を先ずは肯定する。
それがどんな自分であっても〟

12．悲哀と秘愛

そう表向きは言いながらも容姿のコンプレックスの強い自分を受容できずに痩せ我慢を続けてきたあちらの世界の愛菜。そんな歪みを今鏡の中で突きつけられるように体験したショックに愛菜は平静を保てなくなっていた。

「奈々ちゃん、小田陽菜さんのこと教えてくれてありがとう。家に帰ったら絶対チェックするね。っていうか奈々ちゃん、もうちょっとゆっくりしたかったんだけどパーティーで気疲れしたせいかな⁉ちょっとさっきから頭痛がして、今日はここで失礼して良いかしら⁉」

明らかに顔色が悪い愛菜。

その様子に心配そうに奈々が言葉をかける。

「ゴメンなさい、愛菜さんお忙しいのに私が無理なお願いしたから。遠慮なく帰ってゆっくりして下さい」

気を遣わせているのはこっちの方だと愛菜は罪悪感を抱いた。

「奈々ちゃん、そんなことないよ。奈々ちゃんが誘ってくれて、今日本当に嬉しかったんだから。こんなに素敵な場所も教えてくれて。

それに色々話してくれてありがとう。

奈々ちゃんは良かったらここでゆっくりして行ってね。

私、ここから家まですぐだから。

それにまた絶対会おうね」

そう言うと愛菜はソファーの隣に座っていた奈々に軽くハグをして席を立った。

お店の入り口のレジでお会計を済ませてお店を出る直前まで、奈々は愛菜の帰りを心配そうに見守っている。

ただ、帰り際に奈々は一言意味深な言葉を残した。

「愛菜さん、これからも本当に応援しています。
でも1つだけお願いします。
あんまり心理カウンセラー有野愛菜で在ることにこだわり過ぎないで下さいね。
私ずっと愛菜さんのことフォローしてきたからわかるんです。
愛菜さんがチカラ入り過ぎてる時も、
何かに囚われてる時も、
何にも囚われていない時も、
愛菜さんは愛菜さんだから、
私達ファンはどんな愛菜さんも愛してます」

これは純粋な応援なのか？

何かに気づかせるための賢い後輩ならではのメッセージなのか？

解釈に困るような一言を受け取り、愛菜のこれからの未来がより一層、迷宮入りした気がした。

13・綺麗事からの卒業

「有野先生、今日はお時間頂きありがとうございます。先生少し顔色が良くないようですが大丈夫ですか？」

待ち合わせの時間に1分も遅れることなく銀座ミスタカフェにやってきたLOVELY出版の都倉誠一は愛菜の体調を気遣った。

「大丈夫です。お会いしたパーティーの日から少し体調を崩してまして。でも今日は都倉さんとお話しするのを楽しみにしてやって参りましたのでお気遣いなく」

この日は都倉が以前パーティーで話をしていた「愛菜に書かせたい本」の企画とは一体何なのかを聞かせて貰うための打ち合わせ。

実は1週間前の星井奈々とのシーシャバーでの会話をキッカケに完全に無気力になってしまっていた愛菜。そのせいで全ての撮影やオンラインでのライブ配信の予定をキャンセルし、この1週間ずっと家に引きこもってしまっていた。

ただ、都倉からの企画が、自分の未来を変える何かのキッカケになるかもしれない。そんな期待が、体調不良を押してまでこの打ち合わせに来る理由となっていた。

〝見た目のコンプレックスを、
心の問題として扱うことの方が、
整形をして改善することよりも、
人として感情的な知性に優れている〟

そんな言葉が、この1週間、愛菜の頭の中でエンドレスリピートしていた。
見た目の美しさを手に入れたら手に入れたで、次は、心の美しさに劣等感を覚え、気に病んでいる。そんなことに気づいた愛菜はもう心理カウンセラーという仕事自体と距離を置いた方が良いのかも知れないとさえ考えるようになっていた。

「まぁ、有野先生のことですから、ご自身のことはご自身が一番よくおわかりになると思いますがご無理のないようにお願いしますね」
〝無理のないように〟という言葉を言われるたびに愛菜は無理を重ねている自分の心を見透かされているようで少し恐怖を感じた。
それは1週間前に星井奈々に別れを告げる時にも言われた言葉であった。

愛菜が打ち合わせ早々、自分の本心を打ち明けたのは、きっとそんな恐怖から逃げたかったからに違いない。

「都倉さんお会いして早々にする質問ではないのは重々理解しているのですが、どうしても都倉さんに聞きたいことがあるんです。

私って無理しているように見えますか⁉

もちろん一緒にお仕事してるわけではないので実際の所はわからないと思いますが、普段のi tubeの発信などを観ててどう感じますか⁉」

唐突な質問をする愛菜を目をまん丸にして見つめる都倉。

「あれ⁉　有野先生、誰かから今回の先生にご提案する企画内容って聞いてたりします⁉」

その不思議そうなリアクションが愛菜にとっては逆に不思議なものに感じられた。

「聞いてませんよ。パーティーで私が書くからこそ面白いっておっしゃってたことだけは覚えてますが。

他には何も。だから今日はそれを聞きたくてやってきたんです。

私が書くからこそ面白い本って何なんでしょうか⁉」

そう発言する愛菜のことをまだ都倉は覗きこむような視線で見つめている。

「有野先生って本当に不思議な方ですね。さっきはご自身のことはご自身が一番理解していらっしゃると言いましたが、たまに真逆に思うこともあるんですよね。

自分のことがとてもわかってらっしゃるような、
自分のことが何もわかってらっしゃらないような、
どっちなんだろう⁉

まぁ自分の観ている自分なんてものには必ず盲点ができて当然ですけどね。

先生の場合ギャップが凄いですよね。

では話を振って頂きましたので早速本題に入りましょうか！

テーマはまさに、先生のその2面性を魅力として描く本なんです。

これ仮タイトルなんですけど……」

そう言って都倉がテーブルの上に差し出した企画書には、
【(仮) 綺麗事からの卒業式】
と大きく印字されていた。

愛菜はギョッとしたまま、固まって言葉を失っていた。

そのタイミングで女性店員が席にやってきた。

「お客様まだご注文お済みでなかったですよね⁉　いかがなさいますか？」

カフェでの打ち合わせでありきたりなミスをしてしまったことに少し恥ずかしそうな表情を浮かべる都倉。

「あぁ、そうだウッカリしてました。じゃあアイスコーヒー1つブラックで下さい。先生も同じで良かったですか⁉」

愛菜が頷くのを確認すると都倉は慌てて注文を済ませた。

鏡の向こうでも同じようなやり取りがあったことを愛菜は覚えていた。

どうやら都倉にはカフェでの打ち合わせで注文をする前に本題を話してしまうというせっかちな癖があるようだ。

ところが元の世界と違ったのは、都倉のこの表情を見てもなお愛菜が冷静さを取り戻せなかったこと。それくらい、都倉が提案したタイトルは、愛菜にとって衝撃だったのである。

「【(仮)綺麗事からの卒業式】ってまた攻めたタイトル案の企画書ですね。でもその本を私が書くと面白いって言うのって少し失礼じゃありませんか⁉まるで私が今まで綺麗事ばかりの嘘を言ってきたみたいじゃないですか⁉」

震えた声で愛菜は訴えた。

愛菜は容姿にコンプレックスのないこちら側の有野愛菜の心の内面のコンプレックスを思いっきり突かれているようで苦しかった。

そしてそのコンプレックスはもちろん鏡の向こう側の愛菜も内側に抱えていたコンプレックスであった。

まるでこちら側の世界にやってきて綺麗な容姿を手に入れても内面のコンプレックスが克服されないことを突きつけられているようだった。

「有野先生も薄々わかってらっしゃるんじゃないですか!?

自分が自分に嘘をつくのには限界が来てるって。

先生の動画で話してる様子を観てたら、ある程度人の内面観れる人ならバレますよ。

〝ありのままの私〟のふりをして、

〝ありのままの私〟という仮面を被った人だったって。

つまり、ありのままの私でいるように見えて、〝ありのままの私で生きる私〟を演じているだけなんですよね。

パーティーの時はみんなの前だったのでさすがに控えましたが業界内では有名ですよ。

ブログ時代のファンは離れていって、動画になってからファンの質が変わったって。

オブラートに包まずに言うと誤魔化せるレベルの人が集まってきてるだけのフォロワー増加。

みんな噂してますから」

〝もうこれ以上私を責めないで！〟

愛菜は思わず耳を塞いだ。

〝もう止めて、もう私のことはそっとしておいて〟

そう心が叫んでいるのがわかった。

しかし愛菜はそれすらも声に出せずに、その思いをジェスチャーにして表すのが精一杯だった。

左手で泣いている顔を覆い隠し、
右手は手の平を開いた状態で都倉の方に突き出し、

〝もう降参です。もう止めて下さい〟

のサインを送った。

「これは鏡の向こうでも都倉が言いたくてハッキリと言えなかった本心ではないか？」

そんなことを愛菜は痛烈に実感していた。

カフェでの打ち合わせで、

「先生。もうそういうオブラートに包んだような表現止めませんか？

お酒の入った時の先生の使われていた直接的過ぎるほどの言葉を使った方が周りの人の心を動かせると思いますよ」

と話していたこと。

星井奈々との配信中にずっと天井を見上げたままで目を合わせてくれなかったこと。

そんな様々な場面が愛菜の脳裏には浮かび上がった。

その様子を見て都倉誠一は少し愛菜に対して配慮のある言い方をし始めた。

「先生誤解しないで下さい。これは本当に有野先生だけの問題じゃなくて自己啓発や心理学の業界全体の問題なんですよ。

〝ありのままの私〟のふりをして、

〝ありのままの私〟という仮面を被った人が急増してて。

深い部分での自分への抑圧の原因に気づかなくて苦しんでる人が多いんです。

もちろんその一因を担ってるのは先生のような人気カウンセラーさん達や我々出版社なんですけど。

ありのままの私は美しい人間で在るはず。

ありのままの私は正しい人間のはず。

性善説という在り方の思い込みのせいで、その価値観に引きずられた自分をありのままだと無理矢理思い込ませようとする人は少なくないんですよ。

昔はその幻想を膨らませるマーケティングさえしとけば本も売れました。

綺麗事が大好きな人達の価値観を刺激していけば本当に綺麗な世界を創れるなんて我々出版社も信じてた時代もありました。

でももう限界に来てるんですよ。

偏食の人が同じようなモノばかり食べるように、綺麗事が好きな人はそういう本ばっかりを買って読み漁るけども何も人生が変わらない。

僕らと同じですよ。

自分の中に綺麗事を足していけば、いつか綺麗な世界が観られるという幻想を抱いているんですよ。

でも本当にありのままの自分を生きるならですよ？　善意の裏側にある悪意も曝け出してこそです。そうすることでようやく本当の意味での自己受容ができるんだってことを認めていかないと」

愛菜だけの問題ではなく、業界全体の問題。

その言葉に少し気が楽になった愛菜だったが自分自身が綺麗事中毒のようになってしまっていることとはまだ上手く向き合えずにいた。

「都倉さんのおっしゃる話はごもっともなのですが1つだけ理解できないポイントがあります。

確かに、善意の裏側にある悪意も曝け出してこその本当の意味での自己受容なのかもしれません。ですが、そのメッセージを伝えるのに、どうして有野愛菜が適任なんでしょうか⁉

それこそ都倉さんが関わられている、星井奈々さんや小田陽菜さんのような、もうすでにそういった多様性を在り方として表現されてる方々の方が適任なのでは⁉　と感じるんですが」

愛菜のその質問に都倉は何か確信めいたものがあるのか、目に一段とチカラが入るのが見て感じ取れた。

「いや彼女達じゃダメです。

有野愛菜がやらないと本当に僕が救いたい人達の人生は救えないんです。

〝ありのままの私〟のふりをして、

〝ありのままの私〟という仮面を被っているあなたじゃないと。

ありのままの私として生きていることを必死で演じてきたあなたじゃないと。

つまり、その仮面を取ることに沢山の躊躇や葛藤を感じる、がんじがらめの有野愛菜じゃないと伝えられない価値観がいっぱいあるんです。

先生って、美容整形の依存性について警鐘を鳴らして来られた方ですが、

それって見方を変えると、心を美容整形することに誰よりも依存して来られた方だなって、

僕はずっと見てきたんです。

ルッキズムに対して内面重視を唱えることの矛盾を1人でやっちゃってて、心の美意識を誰よりも自分に押し付けてきて苦しんで来られた方だなって。

まるで心の醜形恐怖症に苦しんで来られた方。

そして生意気なんですが、僕はこの本を先生と一緒に創ることでそんな先生を救いたいんです。

だから僕は先生を本当の意味でありのままの有野愛菜にしたいと思っています。

もちろん上から目線ではありません。

僕も編集者として心の美意識が強すぎて苦しんだ時期があったから。

だから勝手に先生にシンパシーを感じてたんですよね。

不器用で真っ直ぐで泥臭くて、先生は星井奈々や小田陽菜のような多角的な視点はないけれど、だからみんなに愛される。

先生なら自分が乗り越えることで多くの人の救いになるってわかったらどんな問題も全力で自分を曝け出す方向に１８０度方向転換される。

僕はそう思うんですよ。

心の潔癖症みたいな綺麗事に本心を侵されている人達を救っていくことで救われていく先生の姿を一番側で見ていたいです。

これが編集者としての僕の願いです」

まるでプロポーズだった。不思議で温かいこの言葉は愛菜の心を魔法のようにポカポカと包み込んだ。

そしてその温かさと共に愛菜は本来の自分を取り戻したような感覚を覚えた。

「都倉さん、ありがとう。私のことをそこまで思って下さったんですね。ずっとずっと私が苦しんできたことを全て言葉にして貰った気分です。さすが売れっ子編集者さん。作家以上に言葉にするチカラを持ってらっしゃる。作家が言葉にできない想いを言葉にするのが都倉さんのお仕事ですもんね。でも都倉さん、1つ指摘させて下さい。都倉さんは私が書くから面白い本っておっしゃいましたけどそれは間違いです」

愛菜の目にも失われていたチカラがすっかり戻っていた。そして、その目からは愛菜が何かを確信している様子が見てとれた。

「その本は私が書くから面白いんじゃなくて……
間違ってたらゴメンなさいね。
そうだったら良いなって希望的観測も込めて言いますよ。
その本は1人の著者としてではなく、
1人の人間として、
1人の女として、
都倉さんが有野愛菜のことが好きだから、
一緒に作って面白い本になる、の間違いですよね⁉」

愛菜は今までの人生で見せたことのない、とても女性らしい表情をこの時都倉誠一の前で見せた。

その予期していなかった愛菜の指摘に都倉は顔を真っ赤にしていた。

「ちょっと止めて下さいよ。いきなりぶっ込んでくるの。

誤解のないように言いますけど、僕仕事は仕事としてちゃんとやりますよ。

でもそういう下心があって良い本が生まれるってケースも確かに多くありますから……

そこも実は本のタイトル【綺麗事からの卒業式】とかかってるんですけどね」

これは都倉誠一にとって、愛菜へのちょっと変わったカタチの告白だった。

「てか下心って言っちゃってるじゃん都倉さん。

別に構わないけどね。ちゃんと責任取ってくれるなら。

2人で綺麗事じゃない世界を、本のチカラを使って、一緒に創っていきましょう」

これが愛菜の都倉へのちょっと変わったカタチの交際オッケーの返事になった。

本心を分かち合い心が通じ合った2人は言葉を交わさないままに見つめあった。

そして自分の内側にある衝動を抑えきれず都倉が顔を近づけようとしたその絶妙なタイミングで、アイスコーヒーが運ばれてきた。

あまりの間の悪さと、バツの悪さに、都倉の顔はさっきよりも真っ赤になった。

その時だった。

「恥ずかしがらなくて良いじゃない!? だって綺麗事から卒業するんでしょ!?」

そう言うと今度は愛菜から都倉の方に顔を近づけ、ほぼ満席に近い店内で、アイスコーヒーをまだテーブルに置かずに手に持っている店員の前で熱いキスをした。

全30席規模のほぼ全員がその異様な光景に注目をした。

そして中には今非常識な環境で熱烈なキスをしている女性が有野愛菜であることに気づいた人間もチラホラと。

ずっと好きだった愛菜とのキスに都倉が意識を没頭したのはわずか5秒間のこと。

我に返った都倉誠一は席を立ち会計の紙を手にとり、もう片方の手で愛菜の手を握り、

「愛菜さん、場所を変えましょう。もう勘弁して下さい」

と茹蛸のように赤い顔をしてレジへと向かった。

このたった数分間の出来事ですでに愛菜が1人では外せなかった心の仮面を外すことに成功したのであった。

慌てて店を出た2人は顔を見合わせた。そして照れくさそうに都倉は愛菜に聞いた。

「今日の打ち合わせはここまでにしてデートしませんか!? 綺麗事を卒業する第一歩として」

そう真面目な顔をして誘う都倉の鼻を人差し指でツンとつつくと、今までは画面上で見せたことのないような小悪魔的な表情で再び愛菜は都倉を挑発した。

「その誘い方がまだまだ綺麗事が好きな優等生だな誠一くん。まぁでも君にしては頑張ったから付き合ってあげるよ」

すっかり年上の彼女気取りを始めた自然体の愛菜。その変わりように都倉は面食らいながらもさらに惚れ直した。

こうして鏡の中の世界で都倉誠一と有野愛菜の思わぬカタチでの交際はスタートした。

その幸せな時間は愛菜が元の世界でナルシスの鏡の前に座った時に潜在的に願っていた女性としての理想の体験だった。

自分のことをもう1人の自分のことのように想ってくれる大切な人と出会う。

そうした経験でしか癒されないコンプレックスもある。

そんなことを愛菜は潜在的には知っていたのかも知れない。

付き合ってから3週間、愛菜は都倉誠一に愛される幸せを感じる日々を存分に味わった。

奈々に教えて貰ったシーシャバーに2人で通っては本の打ち合わせなのか、デートなのか、わからない時間を過ごした。

ところが恋人が横にいる状況で行う打ち合わせが功を奏し、今までにはなかった柔らかさと自由さが愛菜の文章には加わった。

2人は本を一緒に作る中で、ルッキズムの問題の根底にある「内面の美意識」と「外見の美意識」の対立についても沢山話し合った。

街で見かけるカップルを2人で観察しては、妄想を膨らませ、ああだこうだとお互いの分析を披露し合った。

幸せな時間が続いた。愛菜は、この世界がナルシスの鏡の中での仮想現実であることさえも忘れかけていた。

しかし、話題がルッキズムの話になるとふと冷静になることもあった。そのたびに愛菜は元の世界での都倉誠一と過ごしたわずかな思い出を振り返り、必ずある問いを自分の中に立てるのであった。


鏡の向こう側の世界でも、都倉誠一は自分のことを好きでいてくれたのだろうか⁉

顎がしゃくれた醜い姿のままでも私のことを都倉誠一は好きになってくれただろうか⁉

その問いとはこの2つである。やがて愛菜はその答えを確認したいという思いにかられるようになっていた。心理カウンセラーとしての血が騒いだのである。

人の心のことで気になったことは分析せずにはいられないわけだ。そして、もちろん女性としての有野愛菜もその答えをどうしても知りたがっていた。

そんなことを葛藤している間に愛菜が向こうに戻るかどうかについて選択できる残された時間はあっという間にわずか1週間となっていた。

14・リベンジマッチ

「光太君、久しぶり。今日も相変わらずガラガラね。

大丈夫なの⁉　潰れないこの店⁉

そろそろ価格の見直しとかやった方がいいんじゃない⁉」

突然やってきて、あまりにも失礼な愛菜の態度にさすがの光太も少しイラッとした表情をしている。

「愛菜さん、この間は本当に久しぶりだったけど今日はそんなに日にち経ってないじゃん。

確か……

2ヶ月とちょっと空いてるぐらいで。

今日はたまたま暇なだけで、予約でいっぱいの日が続くことだってあるんだぜ。

さすがに頻繁に来るならちゃんと予約入れてくれよな」

14．リベンジマッチ

2ヶ月前にしてあげた自慢の毛先をワンカールさせたAラインボブを気に入ってまた愛菜が予約もせずにやってきた。こちら側の世界の光太はそう認識していた。

「もう厚かましい親戚のおばちゃんみたいな扱い止めてよね。

まぁ、光太君にはそう思われても仕方ないかもだけどね。

何か悩みがあったら温子さぁーーーんって泣きつきにおウチにお邪魔してたもんね。

でも安心して。きっとお店に来るのは今日が最後よ。

それに今日はカットもトリートメントもしなくても大丈夫よ。

ほんの一瞬あそこにあるナルシスの鏡を貸してくれたら良いんだから」

そう言ってナルシスの鏡の方を見つめる愛菜の表情は何か大きな決断をした様子だった。

死んだ母親の美人なお弟子さん。愛菜のことをずっとそう記憶してきた世界線にいるこちら側の光太は、その発言を聞いて頭を混乱させていた。

そしてレジの手元にある予約帳をめくり、愛菜がやってきた今日が66日ぶりであることを認識すると、ギョッとした顔で愛菜の方を見つめた。

「愛菜さん、今日66日ぶりの来店だけど……、

まさか愛菜さんって鏡の向こう側からやってきた人なの⁉

嘘でしょ⁉

オレの記憶の中ではずっと美人だった愛菜さんの記憶しかないよ。

だって母さんの口癖だったじゃん。

自分が買って着なくなった服を愛菜さんにあげる時、

〃わぁ、洋服が喜んでるのがわかるわ。

美人に着られるために作られたんだもんねお前〃

って服を擬人化して話しかけてたじゃんいつも。

これってどうなってるの!?」

混乱する光太のこちら側での架空の思い出を聞いて愛菜はクスクスと笑った。

「こちら側の世界での光太君の架空の有野愛菜と温子さんの思い出はそんな風なのね。ウケる。鏡の向こうの世界では温子さんはいつも服をくれる時にはこう話していたわ。

〃お前は本当にブスに着られるのが好きだね。

それにお前は優秀だよ。

ブスが着てもちゃんと少しは可愛く見せてくれるんだから〃

って。

服に話しかける所は同じなんだね。面白い。

光太君、今回鏡の向こう側で光太君に無理言ってシッターして貰って鏡の中にやってきて実感したんだけどね……、
この鏡はね、容姿のコンプレックスを持って生まれてきた肯定的な意図がちゃんと誰し

もにあることを私達に色んな体験を通して教えてくれる鏡なのよ。
なんで生まれてくる時に醜い姿を選択したのか⁉
もちろんそれはきっとそれぞれ違う理由だと思うの。
容姿のコンプレックスを乗り越えることで内面的な課題と向き合って内面的な成長をする体験をする人もいれば、
その乗り越えた体験がきっかけで同じコンプレックスを持つ人達を救うための才能が開花する体験をする人もいる。
内面的なサポートを体験する人もいるし、
直接的に人の容姿を美しくするサポートを体験する人もいる。
表面と内面の美しさに優劣を決めて悩み葛藤を続けた結果、
表面と内面の美しさに優劣はないと気づく体験をする人もいる。
もちろんその容姿のコンプレックスから感じるストレスを何か他の能力や才能を磨くための原動力にする体験をする人もいるし。

とにかく、みんな必ずその姿でしかできない体験がある。

だからその体験が一体何なのかさえしっかり見出してあげれば、不思議と容姿のコンプレックスに振り回されることはなくなるわ。

ブスに生まれてこなかったらこんなに豊かな体験はできなかった。

そう深く実感できたブスは、美しく生まれてきた自分に感動している美人と同等の感動や幸せを体験しているわけよ。

本当にそこに優劣はないの。

逆に言えばブスも美人も、
なぜその容姿を選択して生まれてきたのか⁉

人生で何を体験したくてその容姿を選択して生まれてきたのか⁉

その肯定的な意図が見つけられない場合は必ず容姿のコンプレックスに振り回される人生を歩むことになる。

たった66日だったけど凄く深い学びだった」

これが愛菜がここ1週間頭を悩ませて導き出した答えだった。


誰かに自分では盲点になっている魅力を見つけて欲しかった。

だから私は私に対して盲目な態度を無意識に選択してきた。

そして、その魅力を見出してくれる都倉誠一という人物に出会えた。

これがこちらの世界に来て、愛菜自身が見出した、外見のコンプレックスを抱えた意味だった。

だからこそ一瞬はこちら側の世界に残ることも選択肢として頭をよぎった。

しかし鏡の向こう側の世界にいる都倉誠一の真意を知りたい！

オブラートに包まず言えば、鏡の向こうの世界で醜い姿をした自分のことも都倉誠一は変わらず好意を抱いてくれていた。

そう愛菜は信じたかったのである。

つまり、見た目は関係ないと。

そしてこの愛菜の温かな気づきが詰まった言葉に、同じく容姿にコンプレックスを持った人を救いたくて「美容師」という仕事を選んだ光太の胸は熱くなった。

「愛菜さんが鏡の向こうの世界でどんな辛い体験をされて、こちらの世界に来られたかはわかりません。

ですが、その辛い体験もきっと今の愛菜さんがおっしゃった肯定的な意図に気づくための体験だったんですよね⁉

母さんもきっと天国で愛菜さんの成長を喜んでくれてると思います。

きっとこちら側の世界で多くのことを学ばれたんだと思います。

名残り惜しいですけど早く向こうの世界に戻ってあげて下さい。

成長した愛菜さんの帰りをきっと待ち侘びている人達が沢山いるはずだから」

そう言うと光太はナルシスの鏡の席へと愛菜を案内した。

そしてナルシスの鏡を覆っているカバーに手を掛けた。


「愛菜さん、心の準備は良いですか⁉　って心の専門家に聞く質問じゃないですよね。

愛菜さんには母さんが生きている間に心理カウンセラーとして体験したかったことをいっぱい体験して欲しいです。

そして母さんを超えるカウンセラーになって下さいね！　って知名度や影響力で言うともう超えてるか⁉」

その光太の別れの言葉をキッカケに新堂温子から生前愛弟子である愛菜に託された夢があったことを愛菜は思い出した。

膵臓癌で入院している温子を見舞いに通っていたある日の出来事。

衰弱した状態で、温子は愛菜に言うのだった。

「愛菜ちゃん、最後に私のわがまま聞いて貰えるかしら⁉
本当は私が健康なら私がその役割をやりたかったんだけど……、
どうやらもう私の命もそんなに長くはないみたいなの。
愛菜ちゃんには自分の間違いを隠さず曝け出すことで多くの人に気づきや勇気を与える心理カウンセラーであり続けて欲しい。

心理学を学び、心理カウンセラーを志すことで、美しい心の在り方を過度に自分に押しつけて苦しんでしまう人が沢山いるから。

特にキャリアが長くなったり、有名になったりしていくと完璧な人を演じるようになってしまってね。その傾向が強くなるのよ。

そもそも私たちの生まれた日本ってさ、
精神大国で、日本人は精神性に優れてるって国民感情が根っこにある人多いでしょ。

カウンセリングの授業でも教えた社会的通念とか集合的無意識ってやつよ。

私達なんてさ、ブスに生まれて、散々不当な扱い受けてきたからさ、そいつらの顔思い浮かべたらすぐわかるじゃん。

〝どこが日本人の精神性が優れてるんじゃい!?〟って。

〝その人達は何人なんですかー？〟って、何回思ったことか。

わかるでしょ、愛菜ちゃん。

だからね、綺麗事で解決しない問題も綺麗事で解決するって思いたい。

日本人って本当に心の美意識が強いのよ。

その強い心の美意識のせいで人は本音を言わない。

だからこれからの心理カウンセラーは必ず二極化が起こると思うわ。

心の美意識を強化する動きと、心の美意識を緩める動きが。

そして必ず精神的に追い込まれていくのは、心の美意識を強化する動きをしちゃう人達。

だから愛菜ちゃんはそんな心理カウンセラーを癒せるカウンセラーでいて欲しいの。その人達に必要とされる人でいて欲しいの。

愛菜ちゃんにはそれがきっとできるわ」

なぜ今このタイミングで蓋をしていた温子との記憶がよみがえってきたのか？　心理の専門家である愛菜には薄々理解はできたが、その理解は崩壊する感情には全く抵抗力を持たず愛菜の目には涙が溢れた。

愛菜は大好きだった温子の死を受け止めきれないまま、
大好きな温子の存在を超えないように、
未熟なままの自分で心理カウンセラーとして身を粉にして働いてきた。
そして皮肉にも温子が亡くなって5年の時を経て温子の残したナルシスの鏡のチカラを借りてようやく師が自分に託したかったことを受け入れられた。
自分の心の奥にあるその思いに愛菜はようやく気づいたのである。
涙腺を崩壊させて子供のように泣きじゃくる愛菜に光太は言葉をかける。

「愛菜さん、そんなに泣くなよ。

オレだってそんなには母さんが死んだこと、整理ついてないんだからさ。

お互いが頑張ろうよ。母さんから受け継いだものを活かしてさ」

そう話す光太の目にも涙が溜まっているのを愛菜は見逃さなかった。

「光太君はもっと泣きなよ。男の子だって、泣いていいんだからね。

でもわかってる。お互い頑張ろうね。

これからもオバさんと仲良くしてね。

さっきはもう来ないって言ったけどまた髪切りに来るから。

予約は……、
しないかも。だってどうせ暇でしょ」

そう涙交じりの笑顔を浮かべる愛菜の姿を確認して、「さっさと行けよ」と言わんばかりに光太は改めてナルシスの鏡にかかっているカバーを手に取った。

「だから暇じゃないって言ってるだろ⁉

厚かましいな本当に。

じゃあね、愛菜さん。元気でね」

光太の手が完全に鏡にかかったカバーを剥がし終えると同時に、愛菜の意識が肉体から引き剥がされるのがわかった。

「ナルシスの鏡さん。この66日間沢山大切なことに気づかせてくれてありがとう。

あなたのおかげでずっと拗らせてきた心の問題の根本にあるものとちゃんと向き合える

ようになったわ。

それに温子さんとの対話までいっぱいさせて貰った。

このご恩は忘れません」

そんな感謝を鏡に伝え終えると同時に、愛菜の意識は急スピードで鏡へと向かうのだった。

「ぶ、ぶつかるぅ！」

〝バリーーン！〟

鏡の割れる音がしたと同時に、愛菜は意識を失った。


「愛菜さん！　愛菜さん！」

愛菜の耳に聞き覚えのある声が届いた。

愛菜はゆっくりと目を開け、目の前の鏡に映る自分の姿を確認した。

そこに映っていたのは懐かしい自分の顔であった。

そして懐かしい顎の感覚。

顎を押さえながら愛菜は、

「はぁーー、最高のトリップだった！」と呟いた。

「おかえりなさい、愛菜さん。愛菜さんの肉体と魂の結びつきって普通の人より強いんですかね。

愛菜さんが戻ってくる直前ずっとブツブツ独り言を話されてましたよ。

〝ブスに生まれてこなかったらこんなに豊かな体験はできなかった。

そう深く実感できたブスは、美しく生まれてきた自分に感動している美人と同等の感動や幸せを体験しているわけよ。

本当にそこに優劣はないの〟

とかって。

相変わらず、すげぇこと話してるなって。

で、どうでしたか⁉　鏡の向こう側の世界は⁉」

熱い対話を交わした数秒前の光太とは違う、とてもニュートラルな状態の光太の様子がより一層、元の世界に帰って来たことを愛菜に実感させるのだった。

「まぁ、ずっと温子さんからナルシスの鏡の構造については聞かされてきたし、鏡を使ったセッションでトリップした人達の話は聞いてたから事前情報も心の準備ももちろんあったんだけど、ひと言で言うと……

凄かったわ!!!」

その愛菜のシンプル過ぎる言葉に光太は拍子抜けした。

「凄かったわって他にもっとないのかよ⁉

具体的にこんな体験したとか、こんな人と出会ったとかさ」

鏡の中での感動体験を振り返る対話を鏡の向こうの世界で光太とすでにしているせいで戻ってきてから分かち合いを丁寧にしてくれる客はあまりいないのが現実だった。

〝もう散々話したから良いじゃない⁉〟

鏡の向こう側の光太とこちら側の光太は違う光太なのだが、その配慮をするものはいなかったのである。

「よし‼　帰ろう‼　光太君、ゴメンね。

またゆっくり話そう。

私行かないといけない所があるから」

そう言って愛菜は荷物をロッカーから出し、そそくさと店を後にした。

突然予約なしに店にやってきた母親の親友に、

1円も貰わず、6時間もシッターをさせられ、

土産話をすることさえ面倒くさがられるその状況に光太は苦笑いを浮かべ、

「本当、母さんに似て厚かましい人だよな、あの人」

と愚痴をこぼすのであった。

しかし有野愛菜が鏡の向こうから何の収穫も得ずにこちらの世界に帰ってきたというのは考えにくく、有野愛菜の動向をネットでチェックすることが光太にとってのこれからの

楽しみとなった。

鏡の向こう側で〝あること〟を決心した愛菜は、SNSにて重大発表をした。

「星井奈々さんとのコラボ配信の件で、お騒がせしています。

今すぐあの日の配信に対して私の本心を皆さんにi tubeの配信でお話ししたいのですが

皆さん、私に1ヶ月だけ時間を下さい。

これから1ヶ月間、私にはどうしてもやりたいことがあるんです。

どうぞよろしくお願いします！」

この1ヶ月後のライブ配信を告知する投稿のコメント欄には、

〝1ヶ月で大丈夫⁉

愛菜さんいつまででも復帰されるのを待ってます〟

〝i tubeで動いてる愛菜ちゃんが元気に話している姿を見るの楽しみにしてます。

ゆっくり休んでね〟

〝星井奈々さんは本当に愛菜ちゃんのファンなのかな？

ちょっと意地悪だったよね。

愛菜ちゃん落ち込まないでね。

にわかファンのアンチコメなんて無視だよ〟

など愛菜を応援してきたファン達の励ましのコメントと、

〝有野愛菜オワコン乙〟

〝1ヶ月と言わずに永久にお休み下さい〟

〝復帰するのは良いけどもう奈々ちゃんに近寄らないでね。

どうせフォロワー目当てだったんでしょ〟

などの星井奈々のファン達のアンチコメントが入り乱れて異様な盛り上がりを見せていた。

しかしもうどんなにコメント欄が荒れようと愛菜の心が掻き乱されることはなかった。

愛菜が何に1ヶ月という時間を必要としたのか。

その真意に対して様々な憶測が飛び交った。

ただ、1ヶ月後のi tubeライブ配信を観て多くの人が予想を裏切られることになる。

そして、その時はやってきた。

愛菜は2LDKの自宅の一室を配信スペースとしてレイアウトしていた。

マスタード色のクッションは上品なグレーの生地のソファーによく映える。

温かみを感じさせる木製の机の上にはちょうど良いサイズの観葉植物が置かれ、画面を鮮やかにしていた。

撮影環境は、少し大きめのリングライトに、スマホとスマホスタンドというシンプルな設定。

愛菜はライブ配信の開始ボタンを押した。

1ヶ月の休養を経て画面の前に現れた、愛菜の姿を見た視聴者からは、まだ愛菜が一言も言葉を発していないにも拘らず凄い数のコメントが届いた。

〝えっ⁉　誰⁉〟

〝別人⁉　でも目元は愛菜ちゃんのまま⁉〟

〝何言ってんだ。顎がないじゃないか⁉

顎が‼　愛菜ちゃんのトレードマークの〟

〝愛菜ちゃん美人です。ビックリ〟

〝顎がないだけでそんなに変わる⁉〟

〝髪型も変わったよね⁉　毛先ワンカールのAラインボブめちゃくちゃ似合ってる〟

〝っていうか整形した⁉〟

〝愛菜ちゃんが整形なんてしないでしょ⁉

ありのままnoありのままななんだから〟

その数々のコメントを冷静に目視した愛菜はニコリと笑みを浮かべていた。

そして静かな口調で語り始めた。

「皆さん、お久しぶりです。心理カウンセラーの有野愛菜です。

1ヶ月お待たせしてしまってすいませんでした。

皆さんお気づきの通り。

美容整形手術で顎を切り落としてきました。

星井奈々ちゃんに言われたから素直にスパッと手術してきました。

っていうのは冗談。

冗談って言っても、もちろん関係ないわけではないよ。

奈々ちゃんに言われたこと、凄い図星だったし、オブラートに包まず言うと悔しかった。

あの日の配信ってね、本当、自分の内面と向き合わされるきっかけになったんだけど、今日の配信はみんなにも伝えたいことがちゃんと伝わるように、お題を発表してそれに沿ってやっていこうと思うの。

題して、

〝心理カウンセラー有野愛菜が、
容姿のコンプレックスを拗らせてしまっていた3つの原因〟

です。

みんなちゃんと今日の配信はメモ取ってね。

メモだよ。メモぉー。

先ず前提として、先にみんなに謝っておかないといけないのは、容姿のコンプレックスを拗らせていることをめちゃくちゃ長い期間、隠して、誤魔化して、仕事してました。

もうこれ言っとかないと何も始まらないから。

星井奈々ちゃんとのライブ配信で変な風になっちゃったのもそのことをまだ隠そうとしてたからなの。

本当、みんなゴメンね。

自己受容できてますみたいな顔して偉そうなこと発信してたけど全然できてなかったの。

星井奈々ちゃんのファンの皆さん。もう皆さんの言う通りです。

凄い長い期間、私は痩せ我慢の民やってたから。

本当、認めます。奈々ちゃんにも本当、ゴメンなさいです。

それは大前提としてよ。

なんでこんなにも長い期間、心理カウンセラーなのに有野愛菜が外見のコンプレックスを拗らせてしまったのか⁉

超超超シンプルに纏めるから今日の配信は容姿のコンプレックスだけじゃなくて、色んなコンプレックスを拗らせてる人にとっても絶対解決策になる配信になるから絶対観よう。

アーカイブ残すから何回も観て」

ここまでの配信で、開設したばかりで500人しかフォロワーがいなかった愛菜のチャンネルには500人を超える視聴者が集まっていた。

これは星井奈々のファンが〝愛菜がどんな発言をするのか〟と、1ヶ月ずっと注目していたからである。

想像を超えた愛菜の潔さにすでに星井奈々のファン達はアンチコメントをしていたもの達も含めて、共感のコメントをしていた。

〝スゲェーーーー！　切腹ならぬ切顎。

有野愛菜さんカッコいい〟

〝痩せ我慢の民のカリスマに奈々さんの想いが届いた♡　これって感動じゃね⁉〟

〝さすが奈々さんの尊敬する人‼　やるね〟

もちろん愛菜はそれらのコメントを目視していたが冷静に話を続けた。

「それでは本題に入るね。
〝心理カウンセラー有野愛菜が
容姿のコンプレックスを拗らせてしまっていた3つの原因〟
その先ず1つ目は、
【容姿の良い人に対する敵意や偏見】です。
こんなこと言ったらまた炎上しちゃうかもですが、
〝どうせこの子は見た目で人気になっただけでしょ⁉〟とか、

〝見た目が良い子が努力してるはずない〟とか、

〝あの子を評価する人は目が節穴な馬鹿だけ〟とか、
容姿が良い人達の内面を認めようとしてこなかった部分が正直言うとありました。

もう隠しても仕方ないからぶっちゃけますけど、星井奈々ちゃんに対してもそういう偏見があったから奈々ちゃんがどんな発信してる人なのか興味が持てませんでした。

でもあの配信が終わった後に奈々ちゃんの過去動画全部ちゃんと見たんです。

もう凄すぎて言葉失いましたし、ただの自分の偏見だなって気づきました。

もう私なんかより全然多角的に物事観れる人だし。

何より私のことを尊敬する気持ちを何度も動画内で言葉にして下さってたのに。

死んでお詫びしたいぐらいの気持ちになりました。正直。


ということで切腹ならぬ切顎してきたんですけどね。

ってそれは何度も言いますが冗談ですよ」

愛菜が昔から得意だった冗談をもって場を制する特技が炸裂した。

その発言と共に、コメント欄は、

〝WWWWWW〟

〝顎漫談かよ！〟

と、より一層盛り上がった。

「これはね良い悪いではなくて拗れる原因になってしまう理由を付け加えると、人は自分が嫌悪感を抱いているものになろうとすると抵抗感が働くんですよね。

お金持ちに悪いイメージがあって嫌悪感がある人は、

無意識に人よりもお金を稼ぐことに抵抗感を持ってしまうのと同じ仕組みです。

私は奈々ちゃんと出会ったおかげで、美人に対するネガティブなイメージの例外を見つけることに成功しました。

だから奈々ちゃんと出会った前より、美人に対する嫌悪感が抜けたし、

美人になることに対する抵抗感が抜けたわけです。

誤解ないように言いますけど、私は星井奈々ちゃんのこと本当に大好きです。

私のせいで関係性としては最悪なスタートになりましたがいつか本当にお友達になりたいって思ってます。

コラボするとかどうとか抜きにプライベートで仲良くしたい」

愛菜の中には架空の星井奈々との素晴らしい思い出がある。

そのおかげでその発言を一切嘘くささなしで話せた。もちろんそのことは画面の向こうにいる星井奈々のファン達は誰も知らないわけだが。

ただその架空の記憶のおかげで、

〝奈々ちゃん〟

と親しみを込めて呼ぶ愛菜の奈々に対する思いがホンモノであると奈々のファン達には上手く伝わった。

その成果もあり、

〝プライベートと言わずにまたコラボ配信して下さい〟

〝奈々ちゃん愛めちゃくちゃ伝わります〟

〝あんなにコテンパンにされたのに有野愛菜さんってめちゃくちゃ素直。大御所なのに凄い〟

などの称賛のコメントが続いた。

ところが、依然として愛菜は冷静を保っている。

「それでは、

〝心理カウンセラー有野愛菜が容姿のコンプレックスを拗らせてしまっていた3つの原因〟

続いて2つ目は、

【内面に対する美意識が強過ぎた】ということです。

人はみんな2つの美意識を持ってますよね。

内面の美意識と、
外見の美意識、
それぞれ別々に。

こういう仕事してるから余計にそうなっちゃってるんですけど、見た目で人を判断したり、見た目ばかりを美しくする努力をしたり、そういう偏りがある人のことを内面の美意識が強い人は〝心が美しくない〟ってジャッジしちゃうんですよね。

それって〝見た目が美しくない〟ってジャッジしてるのとニュートラルに見たら、変わらないことをしてるのに。

なぜか内面重視派の人達の中には、

〝見た目が美しい人〟より〝中身が美しい人〟の方が優れているって評価が絶対的だって盲信しちゃう人がいるんですよね。

って棚に上げて言ってますけど、奈々ちゃんとのコラボ配信での私の発言を何度も聞き返して下さい。

もうめちゃくちゃ盲信してますから。

特に日本人は、自分達が精神性に優れた国民性を持ってるって思い込んでることも大きな原因。

精神大国日本なんだから内面重視派じゃないと！　みたいな前提もある意味では内面のコンプレックスを拗らせる大きな要因になるかも知れませんね。

それと私達カウンセラーは職業病ね。

内面の美意識と、外見の美意識はやっぱりニュートラルな視点を持って扱わないと。どちらかに比重が高いとコンプレックスが拗れるわよ。

2つの美意識をバランス良く。

これがとても大切な視点になるし、最近騒いでるルッキズムがどうのこうのって議論も必ずどちらかに偏って発言してる人が多いから注目してみると良いわ。

そういう意味でもやっぱり星井奈々ちゃんは素晴らしい人よね。

凄いニュートラルだし。中々あんな人いない」

ここまでの愛菜の発言に多くの視聴者が感動をしていた。

そしてたった1ヶ月で有野愛菜が長年苦しんできたはずの自分の中の容姿の劣等感に対して明確な原因と改善策を打ち出したことに視聴者は驚愕した。

〝愛菜さんカッコよぉー。さすが奈々さんの師匠〟

〝これって【ここが凄いよ星井奈々】をやってませんか⁉〟

〝私達は何を見せられてるんだぁー⁉　この人凄いよな〟

星井奈々のファン達はすっかり愛菜のニュートラルな知性の虜になっていた。

そしてライブ配信の視聴者数は１０００人を超えていた。

ライブを観ている最中にSNSで拡散する人達が後を絶たなかったからである。

愛菜はもちろんこの配信を奈々に向けてのメッセージとして配信している。

自分のことを大切に思ってくれていたことに対する感謝の思いを込めて。

「それでは、

〝心理カウンセラー有野愛菜が

容姿のコンプレックスを拗らせてしまっていた3つの原因〟

いよいよ次が最後だよ。

これが本当に一番大事なポイントです。

【「誰か助けて」が言えない】ということです。

これ聞いて最後になんだそんなことかよって、思われた方もいると思うんですけど、これが今回私がコンプレックスを拗らせた一番大きな原因だったなって思うんです。

コンプレックスに対しての乗り越え方って色んな心理学者が色んな角度で解決策を述べてると思うんだけど、私は結局コンプレックスって1人じゃ絶対乗り越えられないからコンプレックスなんだと思ったのよ。

奈々ちゃんとの配信で自分が今まで隠してきた拗れた内面が全部晒されてどうしようもなかった時にね、もう何年かぶりに『助けて』を人に言いに行ったのよ。

その人は私の心理学の先生でもあり、
心理カウンセラーの師匠でもあり、
唯一無二の親友でもある、
かけがえのない人だった。

駆け出しのピヨピヨだった頃はしょっちゅうその人に泣きついてたの私。

今の私を見たら信じられないでしょ⁉

でもね、その人は死んじゃってもういないの。

でもいないってわかっててその人の息子さんが経営している美容室に予約もせずに遊びに行って。

その人が息子さんに形見として残した鏡があるんだけどその鏡の前で泣いて喚いたのよ。

『なんでこんな時に温子さんは側にいてくれないのよ。

本当は温子さんに話聞いて欲しいんだから。

本当は温子さんに寄り添って欲しいんだから。

馬鹿ぁぁ。

馬鹿、馬鹿、馬鹿』

って。

そんなこと死んじゃった人に言っても仕方ないんだけどね本当は。

でもねそしたらね。天国からその人、もう名前言っちゃってるから名前で言うけど温子さんが教えてくれたの。

〝愛菜ちゃんが助けを求めるべき人はこの人だよ〟って。

ある1人の男の人の顔が浮かび上がってきて。

それは絶対私からしたら恋愛感情持つとかあり得ない仕事関係の人だったんだけど。

通じたの。心の中の『助けて』が。

信じられないかも知れないけど私がそう念じる前からずっとその人には届いてたんだって。

私の心の中の『助けて』が。

そして、

『僕は君のこと救いたい』

って真顔で言われて。

そしたら今まで1人で乗り越えようと意地張ってたのってなんだったんだろうってぐらい本当に素直に自分の問題と向き合えたの。

信じられないでしょ⁉

でもねコンプレックスってね。

自分の痛みや苦しみを自分のことのように感じて救おうとしてくれる大切な人との大事な接地面なんだよ。


きっと今この動画を観てくれてる人もそう。

コンプレックスがあるならば、それはきっと大切な誰かとの絆を深めてくれるあなたの宝になる可能性があるから。

だから1人で乗り越えようとしちゃ絶対ダメ。

あなたがコンプレックスのせいで盲点になっているあなたの魅力を代わりに観てくれる人がどこかに存在してるからさ。


信じてみてね。もちろんそんな大切な人と出会えたのも私の大好きな星井奈々ちゃんのおかげです。

本当に本当に感謝しています。

最後に私が顎を切り落とした理由っていうのは今日みんなに話した3つのことを忘れないためです。

見た目が良い人への偏見や嫌悪感、
内面重視に偏った美意識、
1人で解決できるという思い上がり、
そういった私のコンプレックスを拗らせてきた内面的な要因を切り落とす意味も込めて顎をスッキリさせてきました。

ちなみにこのヘアスタイルはさっき言った温子さんの息子さんが美容師でね。フェイスラインを綺麗に見せるカットが上手だからやって貰ったの。

いつもお店ガラガラなので皆さん行ってあげて下さい。

アーカイブのコメント欄にお店のホームページのURL載せておきますね。

はい、ということで今日の配信はこれにて終わり。

これからi tubeでもみんなとこうやってお話しできる機会増やしていきますので是非また遊びに来て下さい。

良かったらチャンネル登録もよろしくお願いします。

ではでは皆さんお疲れ様でしたぁー」

こうして有野愛菜の伝説となるi tubeライブは終了した。

愛菜は話すのに夢中で気づいていなかったが、このライブ配信中になんと星井奈々がコメントをしていたことがお互いのファンの間で話題を呼んだ。

〝みんなわかった⁉

これが私がみんなに知って欲しかった有野愛菜さんの魅力です。

愛菜さん♡最高のライブをありがとうございます。

めちゃくちゃ大好きです。

後でDMしまーす〟

このコメントに星井奈々のファンも愛菜のファンも心が温かくなった。

そしてもう1人このライブ配信中、画面の向こうで終始涙を堪えきれず号泣していた人物がいた。

それは愛菜の元クライアントの婚約者・中橋祐子であった。

〝愛菜さん♡　いつも彼氏がお世話になってます。

愛菜さんのおかげで私達はいよいよ夫婦になります。

絶対、結婚式来て下さい。

愛菜さんのおっしゃる、

『コンプレックスのせいで盲点になっているあなたの魅力を代わりに観てくれる人』が私にとっては偶然にも愛菜さんにずっとお世話になってる彼でした。シンクロが凄い〟

「恥ずかしいから止めろ」という友哉の言うことを聞かず祐子は感動のあまりコメントを

していたのだった。

もちろん新堂光太も自分の店の宣伝をして貰えたことも含めて終始ご機嫌でこの配信を見守っていた。


そして一番肝心の人物はというと画面の向こうではなく、同じ部屋のスマホのカメラの向こうからずっと温かい眼差しで愛菜を見守っていた。

「愛菜、お疲れ様。

本当に素晴らしいライブ配信になったね。

愛菜の良さがギュッと詰まったライブになったね。

でも驚いたよ。本当に良くこの短期間で色んなことに気づけたね。

僕はもっと時間がかかると思って見てたのに」

そう優しい表情で語りかけてくるのは都倉誠一であった。

愛菜はこの1ヶ月という時間を顎の手術のダウンタイム、
そしてこちら側の世界での都倉誠一の真意を確かめる時間に費やしたのであった。
「でもライブで話した通りよ。

誠一さんに助けてって言えなかったら、そして、誠一さんが私のことを真剣に想ってくれてなかったら……、

こんなに早く素直にはなれなかった」

「でも本当にビックリしたよ。君が僕の下心に気づいていたことには。

絶対にバレないようにしないとって思って、あの配信の時もあそこで君に寄り添うことができなかったわけだし。

あそこで君の味方したら星井奈々にも何を言われるかと冷や冷やしてさ。

『都倉さんは公私混同でコラボとか組む人だとは思いませんでした』

とかって怒鳴られそうじゃん。

だからきっと薄情な奴だなって思われてるんだろうなって。

そしたら君からDMが届いてさ。

《都倉さんは自分の保身のために恋愛感情を隠すんですね》って。

心臓止まるかと思ったよ。

とんでもない女性を好きになったとゾクゾクしたけどね。

でもあの話って本当なの⁉

今日もライブで話してたけど鏡の前で恩師に助けてって泣き叫んでたら僕の顔が映し出されたって⁉」

愛菜の恋の希望的観測は見事に的中していたのだった。

そしてもちろん、都倉にナルシスの鏡のことを詳しく話すつもりは愛菜にはなかった。都倉の気持ちを確かめられた今、鏡の世界に行ったかどうかなんて、愛菜にはどうでも良かったのである。

ところで愛菜は、都倉がずっと自分のことを思ってくれていたことがわかった今だからこその疑問を投げかけるのだった。

「ねえ誠一さん、好きな女性に、【ブスのままで愛される】なんて本を書かそうなんて、本当、酷い人よね。

誠一さんって本当、意地悪な人なんだから！」

ちょっと拗ねた表情で都倉に突っかかる愛菜の鼻を人差し指で突きながら都倉は言い返すのだった。

「いやいや意地悪なんかじゃないよ！

あれは僕からのお洒落な告白だったんだよ。

もうあなたは

〝ブスなままで愛されてるんですよ〟

ってメッセージ。

そして執筆の最中に必ず壁にぶち当たることも計算して煮詰まった時に告白する作戦だったんですぅ」

その都倉のドヤ顔に少しイラッとしながらも確かに自分にはピッタリな告白方法だったのかも知れないと愛菜は感じた。

「ねぇ⁉　変なこと聞いていい？

誠一さんからしたら私って、顎あった方が良かった⁉

それとも顎がなくなって良かった⁉」

その素朴な愛菜の質問に都倉はチカラ強い目をしてまた自信満々に答える。

「顎のある愛菜と顎のない愛菜は比べるものじゃない。

顎がある愛菜から顎のない愛菜に変化する文脈こそが心理カウンセラー有野愛菜の魅力じゃないか。だから愛菜が顎が恋しくなったら全然ヒアルロン酸でもシリコーンでも入れたら良いんだから。

君ならきっとそこに魅力的な意味づけをするでしょ。僕は君が1つ1つそうやって人生を豊かにする意味づけをするのを側で見ていたいんだ」

そう、都倉は自慢げに笑った。

※この物語はフィクションであり、
実在の人物・団体とは一切関係ありません。

クノタチホ

バイセクシュアルの女装家セラピスト。男女両性としての恋愛・SEXの経験をもとに、SEX、恋愛、結婚、離婚、不倫など3000人以上の異性関係の改善を担当してきた。男女両方の気持ちがわかるセラピストとして口コミが広まり、毎月の予約は数時間で埋まる人気カウンセラーに。年商5億円の会社を営む経営者としての顔も持つ。

著書に『恥部替物語』(サンマーク出版)がある。

装　画／我喜屋位瑳務
ブックデザイン／岡本歌織（next door design）
校　正／ペーパーハウス
本文DTP／朝日メディアインターナショナル
編　集／岸田健児（サンマーク出版）

コンプルックス

2024年3月10日　初版印刷
2024年3月20日　初版発行

著　者　クノタチホ
発行者　黒川精一
発行所　株式会社サンマーク出版
〒169-0074
東京都新宿区北新宿2-21-1
電話　03-5348-7800
印　刷　株式会社暁印刷
製　本　株式会社若林製本工場

ISBN978-4-7631-4115-6　C0095

ホームページ　https://www.sunmark.co.jp